一點都不想相親的我
設下高門檻條件，結果
同班同學成了婚約對象!? 3
城愛理沙
願望也是……
希望今年也能和由弦同學在一起。」

「因為……背後我自己擦不到，
可以請你幫我擦嗎？」

「這個……
雖然不是什麼了不起的東西，
還請你收下！」

「……我們結婚吧，愛理沙。
我一定會讓妳幸福的。」
由弦再度鄭重地對愛理沙這麼說。
愛理沙露出了笑容，用力點頭。

一點都不想相親的我設下高門檻條件，結果同班同學成了婚約對象!? 3

櫻木櫻
插畫
clear
story by sakuragisakura
illustration by clear

Kadokawa Fantastic Novels

Contents

story by sakuragisakura
illustration by clear
designed by AFTERGLOW

第一章　和「婚約對象」過新年

十二月二十八日。正因為到了年底……

由弦跟佐竹宗一郎和良善寺聖這兩位男性好友，只有三個男人聚在一起，大玩特玩了一番。

就在他們隨便找了間家庭式餐廳吃午餐之際。

由弦突然對兩人如此宣言。

「我真心喜歡上愛理沙了。」

接著只見宗一郎和聖面面相覷。然後……

「喔、喔……」

「……你事到如今才說這種話？」

你終於察覺到自己的心意嘍？

兩人的臉上彷彿寫著這句話。

然而由弦無視他們的反應，自顧自地說了起來。

「我在聖誕節那天察覺到了。啊，我不想把這女孩讓給任何人。」

「是喔？」
「……所以呢？你想跟我們說什麼？」
「愛理沙是我的女人，你們就算是不小心，也千萬別對她出手喔？」
簡單來說就是要事先警告他們。
不管宗一郎還是聖，就算以由弦這個男人的眼光來看，也是五官端正的帥哥。
當然，他們不是會對別人的「婚約對象」出手的那種人……
而且真要說起來，即使他們基於欣賞的角度認為愛理沙是個美女，也沒想過要跟她交往吧。
但是。
人類似乎只要談起戀愛，便會開始在意起細微末節的小事或是吃飛醋。
由弦就是忍不住想要警告他們。
「這話根本不用你說……我光是照顧亞夜香和千春就夠忙了。你放心吧。」
宗一郎表情冷靜地如此說道。
由弦和聖心中都冒出了「這傢伙會不會被捅死啊？」的想法。
「我也不會想動朋友的女人……不過要是我真的出手了，你打算怎麼辦？」
聖半開玩笑地問由弦。
由弦用極為認真的態度回答。

「我絕對不會饒了你。」

「你有夠可怕的！不要用低沉的聲音說這種話啦！」

由弦本來是想把這句話當成玩笑話來說的，卻發出了比想像中更低沉的聲音。

這種事果然不是開玩笑可以帶過的。由弦再度暗自發誓，一定要讓愛理沙變成自己的東西。

「所以你打算怎麼做？你要跟她說……『請跟我交往』嗎？你們都訂婚了耶。」

「……唉，這說起來確實很奇怪。」

使由弦和愛理沙的關係變得複雜的就是「婚約對象」這層關係。

兩人已經超越情侶關係，締結了婚約。

當然他們兩個未來都打算解除婚約……本來是這樣的。

由弦現在根本不想捨棄婚約就是了。

「你現在跟雪城告白，實際上就等於是在向她求婚吧。」

宗一郎冷靜地指出了這一點。

正因為由弦和愛理沙並不喜歡彼此，「婚約對象」這層關係才得以成立。

然而要是沒有了這個前提……他們就只是普通的未婚夫妻了。

「……如果不是我會錯意，我想愛理沙應該也喜歡我吧。」

由弦說完後，宗一郎和聖都點了點頭。

「嗯，應該是吧。」
「從旁看來你們就是普通的笨蛋情侶啊。」
「……不，不到那種程度吧。」
講得好像他們是那種會在公共場合卿卿我我曬恩愛的情侶似的。由弦於是反駁了這個說法。
「你沒自覺喔？」
「所謂的笨蛋情侶就是這麼一回事啦。」
「所以就說了我們……唉，算了。」
由弦很遺憾不能解開這個誤會，可是針對這點爭論，話題也不會有任何進展。
所以他就放棄了，繼續說下去。
「可是如果問我，我說希望她跟我結婚……她會不會答應，這我就……」
「畢竟我們還是高中生啊。」
「嗯，太沉重了。」
愛理沙是位聰明的女性。
所以由弦才會喜歡上她……然而正因為她是位聰明的女性，不會草率行事吧。
「要我給你建議的話，你還是趁早告白比較好。」
宗一郎突然說了這種話。

這說法簡直就像是宗一郎自己曾有過向某人告白後失敗的經驗。

「……喂，宗一郎。」

「你該不會……」

「……嗯，我說了，對亞夜香。在聖誕節的時候。」

宗一郎不乾脆地這麼說。宗一郎和亞夜香之間的關係非常親密。

雖然一方面也是因為兩人是青梅竹馬，但他們的親密程度更勝於此……而且兩人從小就一直維持著這樣的關係。

「所以呢？結果怎麼樣？」

「『咦？我們不是早就在交往了嗎？』……她這樣說。」

「「……」」

宗一郎和亞夜香確實早就已經是交往中的情侶了。

由弦和聖雖然一直以來都這樣調侃他……不過亞夜香本人似乎也是這樣認為的。

……不，只要回想一下就知道了，她的言行舉止很明顯地表現出她認為自己是宗一郎的女朋友。

「經她這麼一說，嗯，我也覺得的確是這樣沒錯……」

「你沒發現喔？」

「所謂的習慣還真可怕。」

儘管由弦和聖對宗一郎的反應很傻眼……

不過仔細想想，從出生開始到現在，那種親暱的相處模式對那兩個人來說就是理所當然的事。

正因為從一開始便像是情侶，反而讓宗一郎難以意識到兩人正在交往吧。

「是說，接下來這才是重點喔？我在那之後被亞夜香揍了。」

「……為什麼？」

「她至今為止都沒拿刀捅你了，為什麼會忽然揍你啊？」

儘管告白成了一場空，但那是因為他們的戀情早就開花結果了。

明明兩情相悅，亞夜香為什麼要揍宗一郎？

由弦和聖一頭霧水。

「她罵我說『你以為我會對不是男朋友的人做那種事情嗎？你會對不是女朋友的人做那種事情嗎？差勁！笨蛋！垃圾！渣男！去死啦！』」

「她沒說錯啊。」

「你趕快去死一死啦。」

「吵死了，我殺了你們喔。」

由弦和聖故意嗆他之後，宗一郎也開始惱羞成怒了起來。

不過……如果宗一郎說的是實話，那就表示宗一郎和亞夜香現在正處於大吵一架後斷絕往來的情況下。

「所以你打算怎樣以死謝罪？」

「像個武士一樣切腹嗎？要我幫你介錯嗎？」

「我不會死啦……因為有千春幫忙居中協調，基本上是沒事了。不用擔心。」

看來他平安度過這一劫了。由弦和聖鬆了一口氣。

畢竟就算他是個渣男，他們還是希望朋友能過得幸福。就算是渣男。

「呃～唉，也就是說，你要是不想落得和我同樣的下場，最好還是區分清楚你們的關係。一直沉浸在這種舒適的曖昧關係裡，就像溫水煮青蛙，久了會麻木的。」

「……你的忠告我會謹記在心的。」

宗一郎的渣男小插曲比由弦想像中的更有參考價值。

……雖然冷靜回想一下，說不定已經太遲了。

「是說宗一郎。你打算拿小千春怎麼辦？」

「咦？唉……放心吧。詳情我還不能說，不過預定是……會有辦法解決的。」

「……真的嗎？在把教訓分享給由弦之前，你自己才該先從經驗中學到教訓吧？」

由弦和聖真的很擔心宗一郎會不會被丟進熱鍋裡處以極刑。

※

除夕。

由弦和家人一起吃著跨年蕎麥麵。

順帶一提，這蕎麥麵當然……不是由弦的母親煮的。

是他們向附近某間他們家經常光顧的蕎麥麵店叫的外送。

因為是熟悉的味道，吃起來很安心。

不過……

（這麼說來，我沒吃過愛理沙煮的蕎麥麵呢。）

就算是愛理沙，蕎麥麵也是會買現成的吧。

以技術層面而言，她或許是做得出手工蕎麥麵，不過品質一定很難勝過市售的商品吧。

可是說起蕎麥麵湯，她一定會自己熬高湯，從頭開始做起。

既然她能煮出那麼好喝的味噌湯，她煮的蕎麥麵湯一定也很美味吧。

「哥哥，你該不會是在想，好想吃愛理沙姊姊煮的蕎麥麵吧？」

賊笑著這樣問由弦的是他的妹妹，高瀨川彩弓。

「我沒吃過愛理沙煮的蕎麥麵喔。」

「你不否認你想吃啊？」

「嗯……我的確是想吃吃看。」

愛理沙煮的不可能會難吃。下次拜託她看看好了。由弦如是想。

「怎麼……天城家女兒做的菜有這麼好吃嗎？」

開口問由弦的是有著藍色眼睛，五官深邃的老人。

銳利的眼神和鷹勾鼻特別醒目。

高瀨川宗弦。

高瀨川家的前任當家，也是由弦的祖父。

他的父親是有著北歐國家血統的美國人，所以他的長相還是和日本人大不相同。

……不過他是土生土長的日本人就是了。

現在跟事業相關的事情，他幾乎都交棒給了兒子——也就是由弦的爸爸，表面上已經退休了。

至於要說表面上是怎麼一回事，那就是實際上他仍負責了對高瀨川家來說相當於「外交」的事務。

以過去培養的人脈為武器，在國內外私下推動各式各樣的事情……這個說法是講得太好聽了一點。

說實話有一半的目的是旅遊。

不過從他找到愛理沙來當由弦的婚約對象這個事實來看，也能看出他絕對不是只顧著玩樂的老人。

想早點抱曾孫這當然是一大原因，不過這也是基於他認為這麼做對高賴川家有利才採取的行動吧。

……至少由弦心裡是這麼希望的。

「既然能讓由弦說成這樣，還真想請她煮給我們吃吃看呢～」

說話的是由弦的祖母，高瀨川千和子。

跟乍看之下感覺很可怕的宗弦相比，是位看起來和藹可親的日本女性。

……不過生起氣來比宗弦還可怕。

「媽，小愛理沙做的菜真的很好吃喔！能不能早點讓她嫁進我們家來啊？啊，不過剛開始你們小倆口不會跟我們住吧？喂，由弦，你打算怎麼做？」

情緒高漲地這樣問由弦的是高瀨川彩由……由弦的母親。

「妳別急嘛，彩由。由弦他還沒想過這些未來的事，被妳這樣一問，他也很傷腦筋吧……再說這婚約也還沒有正式定案。」

由弦的父親，高瀨川和彌說著，笑瞇了眼。

他是高瀨川家的現任當家。

他對此事的態度，基本上是把最終要不要結婚的決定交給由弦來判斷。

……畢竟這是由弦的人生，要說這是理所當然的也沒錯。

「所以說目前怎麼樣?由弦。」

「很順利啊。」

「我不是問這個。我是想問你有沒有意願和對方結婚……當然，你要說自己根本還無法想像這件事也可以。」

和彌直盯著由弦這麼說道。

雖然只是下意識地有這種感覺，不過由弦覺得自己的感情和盤算全都被父親給看穿了。

「……這個嘛。」

如果是不久前的由弦，應該會說謊或是用模稜兩可的回答矇混過去吧。

不過他現在沒心情那麼做。

他不想在自己對愛理沙的感情這件事情上說謊。

「我想和她一起攜手共度人生喔。」

由弦明白地這麼說。他感覺到自己的耳根子微微發燙。

由弦這堅定的答案看來有些出乎和彌的預料，只見和彌驚訝地睜大雙眼。

不過馬上就變回了平穩的（撲克臉）表情。

「既然這樣……」

和彌打算說些什麼。

他恐怕是想說，既然由弦這麼有意和對方結婚，或許可以再稍微積極地推進這樁婚事……類似這樣的話吧。

可是他的話被由弦給打斷了。

「但是愛理沙的意願也很重要。」

這點其實也不用我特別說就是了。由弦在句末又補上了這句話。

「我不想強迫愛理沙結婚……就算是**間接的**也一樣。這是……我的戀情。我想靠自己達成這件事。所以不用多管閒事。」

由弦明確地把自己的想法告訴了父親和祖父。

這話是在警告他們，千萬別對愛理沙，嚴格上來說是千萬別對天城家施壓。

由弦的祖父和父親也絕對不是壞人，所以基本上不會做這種事……

這他實在不敢斷言。

說到底，這兩人還是會為了讓高瀨川家以及旗下的企業獲利而行動，在某些情況下，也有可能會不擇手段地去達成目的。

有了協助兒子的戀情開花結果這個合理的名義更是如此。

本來高瀨川家就是經常會全面性地去做這種政治性操作，也就是在各方面施壓和暗中布局的家族。甚至到了與「『經濟力』的橘」相對，會被外人稱為「『政治力』的高瀨川」的程度。

正因如此，他才有必要說清楚這件事。

「……嗯。」

「哦……」

兒子、孫子這意料之外的反抗讓和彌跟宗弦挑了挑眉。

要說這話觸怒他們了……看起來倒也不至於。真要說起來，更偏向好奇和感嘆。

由弦從他們的反應研判，認為他們八成不會強硬地推進這樁婚事了吧。

……他們應該不會想為了愛理沙一個人，造成下任當家和現任當家、前任當家之間的紛爭。

不過現場的氣氛變得有點糟也是事實。

或許是察覺到了這點……

「討厭啦～哥哥！你根本整個迷上人家了嘛！我有點吃醋耶。」

「我也有種兒子好像被人搶走了的感覺，好寂寞喔～」

「由弦也是個出色的男孩子了呢……」

彩弓說笑地、彩由調侃地，千和子則是感慨地如此說道。

透過這三人的居中協調，一瞬間尷尬起來的氣氛也變得輕鬆多了。

在那之後，高瀨川一家人度過了開心的除夕夜。

※

新年對由弦，同時對高瀨川家而言，都不是一段可以悠哉放鬆的時期。
這也是因為會有許多親戚，以及與高瀨川家有來往的人前來拜年。
由於會舉辦宴會，他也能拿到壓歲錢，所以也不全然是壞事就是了。
那麼……雖說這也是理所當然的事。
未來有可能會成為一家人的人，自然也來到了高瀨川家。
「新年快樂。高瀨川先生。今年也請多指教。」
「我才要這麼說，天城先生。新年快樂，今年也請多指教。」
高瀨川和彌。
高瀨川由弦。
天城直樹。
雪城愛理沙。
雙方面對面跪坐著，向彼此拜年。
高瀨川家宅邸的古老氣息也加強了現場的氣氛，使場面顯得十分嚴肅。不過……
這種重視傳統規矩的互動和場面，馬上就結束了。

「那麼……愛理沙小姐。這是我的一點小心意。」
和彌臉上露出溫和的笑容，把壓歲錢遞給了愛理沙。
愛理沙深深地彎腰行禮。
「謝謝。」
愛理沙收下壓歲錢後，這次換直樹從包包裡拿出了壓歲錢。
然後將壓歲錢遞給了由弦。
「那麼，由弦。我這邊也……請收下。」
「謝謝。」
由弦同樣收下了壓歲錢。然後和彌和直樹稍微用眼神示意了一下。
「那……由弦，你負責帶愛理沙小姐去走走吧。」
「愛理沙，注意別失禮了。」
兩人接到了父親的命令，雙雙點頭。
「「好的。」」
在離開房間，關上拉門後……由弦立刻大嘆了一口氣。
「唉……」
接著愛理沙便一臉擔心地問由弦。

「你看起來很累呢……果然有很多人前來拜年嗎？」

「……嗯，是啊。」

由弦用手扶著額頭，點了點頭。

……其實昨天，高瀨川家的親戚們開了一場宴會。

宴會一直持續到很晚，所以他有點睡眠不足。

而且如果只是開心地吃吃喝喝……也就算了，可是宴會上他還有許多必須費心留意的事。

由弦會這麼累，有一半的原因就出在這上頭。

「好了……總之我們先去收愛理沙的壓歲錢吧。」

「啊哈哈……」

愛理沙苦笑著。

收壓歲錢，就表示要去向由弦（除了和彌以外）的家人拜年。

「至於在那之後……要不要去散個步？」

由弦自己是有點想去外頭吹吹冷風。

而且……他也想和愛理沙兩個人去附近走走。

夏日祭典時人潮眾多，外頭亂成一團，所以他不算有好好幫愛理沙介紹過附近的環境。

再說……

（既然我清楚地意識到自己喜歡愛理沙了……這算是我們第一次約會吧。）
到不久之前為止，他都還覺得主動提議要去約會不過就是件小事。
現在卻光是提議要去散步，他的心就猛跳個不停。
「我知道了。好啊。」
愛理沙微微一笑。
那表情真是再美不過了。

收完愛理沙的壓歲錢後，兩人走出了宅邸。
愛理沙笑瞇了眼，感慨地低聲說道。
「由弦同學家的院子很漂亮耶。到了冬天又別有一番風情呢。」
「是啊……」
維護庭院是很重要的事。
這是因為庭院是用來向造訪高瀨川家的人展示高瀨川家的力量，使對方為之震懾的道具。
所以自然也花了不少錢在這上面。
漂亮是當然的，不過……
「……我覺得妳比較漂亮喔。」

「等等，你、你在說什麼啊！」
由弦低聲說了這句話後，愛理沙雪白的肌膚便染上一抹玫瑰色。
接著她瞪了由弦一眼。
「我、我在說庭院耶？跟、跟我的……那個……跟我的外表無關啦！」
「不、不是啦……抱歉。我這話說得太突然了。不過……我真的覺得妳很漂亮。那身和服也很適合妳。」
美麗的亞麻色頭髮。
明亮的翡翠色雙眸。
纖長的睫毛配上大大的眼睛。
直挺的鼻梁，鮮嫩欲滴的豐潤嘴唇。
宛若白瓷般純白、滑順，同時又像棉花糖那樣柔軟的肌膚。
身上穿著鮮豔的紅色和服，上頭的圖案是能討個好兆頭的新年吉祥物。
一頭秀髮盤了起來，用髮簪固定在頭上。
真的很漂亮。由弦打從心底想讓她變成自己的所有物。
他說完後，愛理沙害羞地垂下眼。
然後紅著臉，輕輕點了點頭。
「謝謝你……這套和服是我母親的遺物。所以聽到由弦同學你誇獎我這身打扮，我真的很高興。」

「原來如此，難怪這麼適合妳。」

在和愛理沙正式締結婚約之後，他也得去她的親生父母墳前上個香才行。

由弦邊想著這件事，邊緩緩地朝愛理沙伸出手。

「……由弦同學？」

「沒啦，那個……妳穿草履不好走吧？我想說牽著妳的手會比較好。」

由弦的心臟噗通作響。臉也自然地熱了起來。

而一旁的愛理沙也受到了由弦的影響吧，別說臉，連耳朵都紅透了。

接著她戰戰兢兢地伸出手。

「那、那麼……就拜託你了。」

「嗯……交給我吧。」

由弦牽起了愛理沙雪白的小手。

她的手非常柔軟，也很溫暖。

抱著絕不打算放開她的心情，由弦用自己的手指扣著愛理沙的手指，重新握緊了她的手。

如同情侶般十指交扣地牽著手，再湊近到他們能碰到彼此肩膀的程度。

「那、那個……由弦同學？」

愛理沙不知所措地發問，抬頭看向近在身旁的由弦。

面對愛理沙的反應，由弦則是……用若無其事的表情和語氣回應她。

「怎麼了？」

「……沒、沒有，沒事。」

愛理沙害羞地低下頭。

由弦是想把兩人握著的手放進口袋裡……可惜兩人都穿著和服，沒有口袋，他只能打消這個念頭。

在那之後兩人開始走了起來。

雙方都沒有開口說話。

愛理沙不知道由弦為什麼靠得這麼近，害羞地低著頭走路。

而由弦則是積極地靠近愛理沙，裝作沒有發現愛理沙的反應，直直面向前方走著。

「那、那個……由弦同學。」

「怎麼了？愛理沙。」

「請問我們要去哪裡？」

受不了沉默的愛理沙開口問由弦。

由弦當然也不是沒有任何想法就帶愛理沙出來的。

「附近有間神社。新年的初次參拜……我雖然已經跟家人去過了，不過我們一起去參拜一下怎麼樣？」
「……這樣啊，好啊。再說我也還沒去。」
愛理沙輕輕點頭。
接著她可能是忽然冒出了這個疑問吧……愛理沙問由弦。
「那間神社……是和高瀨川家有關聯的神社嗎？」
「咦？關聯……關聯啊……不，應該沒什麼關聯吧。只是在附近……哎呀，不過畢竟在附近，自然是有不少往來啦……妳怎麼會想到要問這個？」
「不，也不是有什麼特別重要的理由。只是覺得比方說高瀨川家過去的歷史啊，或許會和這方面的組織有關聯之類的。你看嘛，畢竟包含宅邸在內，你們家族就給人一種歷史悠久的感覺……」
愛理沙似乎對高瀨川家的歷史有點興趣。
以由弦的立場而言，他很高興愛理沙對他家的事這麼有興趣。
「歷史嗎……」
而且……愛理沙總有一天會成為由弦的妻子。
這件事在由弦心中已經是既定事項了。
那麼趁現在讓她先了解一下這些事情或許會比較好。
「我們家族的歷史可以追溯到距今超過四百年前。其實別看我們家這樣，那位尊貴的殿下……」

「喔……！」

「照我們家可疑的族譜來說，好像是我們的祖先喔。」

「……很可疑嗎？」

「我想應該不全是假的啦。」

不過至少可以確定沒有直系的血緣關係。

此外，和高瀨川家淵源深厚的橘家——橘亞夜香的家族也有著可疑的族譜。

上西家——上西千春的家族也自稱是從千年以前延續下來的家系……不過族譜看起來有家族在途中遭人篡奪的痕跡，所以這也很可疑。

基本而言，從古早時代一直延續至今的名門世家這種東西，實際上是不可能存在的。

順帶一提，擁有最「不可疑」的族譜的就是佐竹家——佐竹宗一郎的家族。

「說實話，我們家算是暴發戶啦。」

利用經濟力和政治力，迎娶家世好的女性進家門。

他們就是這樣的家族。

實際上，由弦的母親和祖母的娘家雖然在經濟層面上劣於高瀨川家，可是以血統來說，出身比高瀨川家更為高貴。

「還有就是我們家原本是旁系……」

「咦？是這樣嗎？」
「好像是曾祖父趁著戰後局勢混亂時，成功地篡奪了本家。」
簡單來說就是旁系的勢力勝過了直系的本家，把本家的人從原有的地位上給趕了下來。
當然這也是因為當時「局勢混亂」，才有辦法辦到這種事。
「所以說要是用不同的觀點來看，妳的家世可能還比較好。」
愛理沙的親生父親所屬的「雪城」家，家世非常好，是有名的世家……由弦曾經這樣聽人說過。
不過這當然是「過去式」了。
「哦……這樣啊。」
一旁的愛理沙反應卻有點薄弱。
她對自己的家世似乎沒什麼興趣……也有可能是她不太有這件事真的和自己有關的感覺吧。
就在他們邊走邊聊著這些事時，抵達了神社。
兩人丟了五圓硬幣當香油錢，照著參拜的規矩，行兩次禮、拍兩下手，最後再行禮一次。
然後在回程的路上，愛理沙問由弦。

「你許了什麼願嗎？」

「是有啦。」

由弦簡短地回答後……說出了自己許下的願望。

「我的願望是希望今年也能和愛理沙在一起。」

還有可以順利告白。

能和愛理沙結婚……這他就沒求神明幫忙了。

因為由弦認為這是他必須靠自己的力量，親手實現的事。

能夠讓愛理沙獲得幸福的不是神，而是他自己。

由弦心中藏著這種無謂的占有慾。

「……一樣呢。」

「……一樣？」

「我許的願望也是……希望今年也能和由弦同學在一起。」

說著這句話的愛理沙臉頰微微泛紅。

由弦也跟著感到自己的耳朵熱了起來。

兩人又重新握緊了彼此的手。

在那之後……兩人不發一語地踏上了歸途。

而那份沉默卻奇妙地讓人覺得非常舒適。

第二章 「婚約對象」的心意

新年過完之後，開始上學的第一天。
由弦和平常一樣，跟朋友們一起吃午餐。
「你的看起來還是熱的耶。」
宗一郎望著由弦的便當，十分羨慕地說道。
由弦邊喝著溫熱的蔬菜清湯邊點頭。
「是啊。冬天能吃到溫暖的食物跟湯真不錯。」
由弦用的是連湯品都能一起放在裡面，具有保溫效果的便當盒。
內容物當然是愛理沙親手做的便當。
白飯、配菜、湯，全都還是溫熱的。
之前他都是隨便找家裡有的便當盒來用，不過趁寒假時換了一批新的。
「我也來買一個好了……是說這個夏天能用嗎？食物不會很容易壞掉嗎？」
「處在高溫狀態下細菌反而不會繁殖，所以很安全喔？據說放涼的方式不好還比較容易壞。」

愛理沙自己好像也是用同樣的保溫便當盒。

該說不愧是愛理沙嗎？她的料理相關知識簡直無懈可擊。

（對喔……如果能和愛理沙結婚，我往後的人生就都能吃到這樣的飯菜了。）

反過來說，要是放走愛理沙，便吃不到了。

由弦又重新下定決心，絕對要成功求婚，得到愛理沙。

「你在竊笑什麼啊，有夠噁心的……」

「抱歉，我在想愛理沙的事。」

由弦光明正大地回答了聖的指摘後，聖臉上的表情就像是吃了泡在蜂蜜裡的方糖。

他宛如要洗去口中的味道似的喝了一口茶。

「我們班下一節是體育課耶……」

然後說了這件事來轉移話題。

他一臉極度不情願的樣子。

「吃完飯之後啊……」

「真難受耶，特別是現在這個時期。」

由弦和宗一郎很同情聖。

至於要說為什麼這個時期會「特別」難受。

原因是由弦就讀的高中在一個月後將會舉辦的某個活動。

「好沒勁喔……馬拉松比賽。」
由弦就讀的高中會在二月初時舉辦馬拉松大賽。
這個時期為了練習，體育課幾乎全都會改成長距離耐力跑。
「我記得……男生是要跑十公里，女生是七公里吧？」
由弦這樣說完後，宗一郎點了點頭。
「十公里說起來還是滿長的耶。」
由弦絕對不是討厭運動。
也曾經為了健康著想而做過長距離慢跑。
所以他算是有自信地認為自己有不錯的持久力……卻也不是會以跑馬拉松為樂的人。
況且他也不是一個平常就很熱中運動的人。
在這一點上，宗一郎和聖也跟他一樣。
「唉……一直想著還有幾公里就會覺得很長，不過只要什麼都不想，只顧著跑的話，一下就跑完了吧？以體感上來說啦。」
「但那樣也是會跑到膩吧……馬拉松很無聊耶。」
聖半是嘆氣地回應由弦的話。
對馬拉松這種長距離跑的喜好可說是因人而異。
不過……至少聖不太喜歡的樣子。

「是嗎？我反而很喜歡長距離跑。因為只要腦袋放空一直跑就好。比起得一一思考後才能行動的運動輕鬆多了。」

說這話的人是宗一郎。

他外表看來認真，實際上卻意外地怕麻煩。

然而他同時也是個做事很懂得如何掌握訣竅的人。

（我就邊想著愛理沙邊跑……不行，我會忍不住竊笑，還是別這麼做吧。）

邊跑邊竊笑的男生就算說得再客氣，感覺還是很噁心吧。

由弦決定要自制點。

「唉……可是就只是埋頭猛衝也很無聊，我們要不要來比賽啊？跑最慢的傢伙要請另外兩個人吃飯，怎麼樣？」

由弦提議後，兩人都壞心眼地笑了。

看來他們打算接受這個提議。

「我沒問題喔。」

「我也是……再說果然還是有目標比較有趣啊。」

他們就這樣決定要了「比賽」了。

雖然是由弦主動提議的……不過他暗自下定決心，得更認真一點上體育課才行了。

放學後。

由弦獨自站在校門前。

等了一段時間後……一群女生走了過來。是和由弦同班的少女們。

而其中有個彷彿混在人群之中，只有表面上帶著討好笑容的少女。

（……這樣一看，她意外地不起眼呢。）

由弦看著和其他女生有說有笑的愛理沙，忽然冒出了這個想法。

愛理沙雖然是個出類拔萃的美少女，融入小團體中之後卻意外地不起眼。

應該是愛理沙刻意降低了自己的存在感吧。

實際上，雖然她乍看之下是很開心地在和其他女孩子聊天……不過仔細一看就會發現她和眾人保持了一點距離，專心扮演著傾聽的角色。

貼在她臉上的笑容也是裝出來的。

這恐怕是愛理沙自己的處世之道吧。

長得那麼漂亮，自然會招人嫉妒。

沒處理好的話可能會被霸凌。

如果能當上小團體的領導人物那或許又另當別論，但愛理沙看起來也不是很擅長做這種事。

所以她才會貫徹這種低調的作風吧。

從其他女孩子的角度來看，外貌出眾的愛理沙態度乖巧溫順，地位比她們更「低」，也會讓她們覺得比較舒坦……

雖然這種想法實在是過於偏向性惡論，說不定是他想太多了。

總之想到這裡的由弦拿出手機，一邊滑著手機……一邊等愛理沙在校門口和其他女生道別。

他事先就調查過了，只有愛理沙回家的方向跟其他人不一樣。

愛理沙目送其他女生離去後，轉過身來。由弦就在這時候出聲叫了她。

「愛理沙。」

「哇！呃……由弦同學，你怎麼會在這裡？」

愛理沙驚訝地睜大了眼。

由弦儘管有些緊張，還是佯裝平靜地開口。

「因為我想和妳一起回去。」

其實他本來是想在其他同學面前叫住愛理沙，藉此牽制周遭的人，好達成他的目的……

不過這樣感覺會給愛理沙添麻煩，所以他在途中就改變計畫了。

然而不用說，他打算在近期內讓愛理沙是由弦的女朋友（預定）的事情成為校內眾所皆知的事實。

「不行嗎？」

由弦問了僵住的愛理沙之後……

只見她用力地左右搖頭，力道大得讓人擔心她的頭會不會掉下來。

「怎、怎麼會！完全沒問題……」

說著這番話的愛理沙臉頰微微泛紅。

她一臉不知所措地觀察著由弦的臉色。

「那我們走吧，愛理沙。」

由弦說完後，便和愛理沙一同踏上歸途。

由弦配合著她的腳步，也體貼地不讓她走在靠馬路的那一側。

「那個……由弦同學，你今天怎麼會突然說要一起走？」

「我就冒出了想和愛理沙一起回家的念頭……之後要是我們時間搭得上，我也想跟妳一起回家，可以嗎？」

由弦這樣一問，愛理沙的臉又變得更紅了。

然後她輕輕點了點頭。

「好、好的……沒問題。不過，那個，對班上的同學……」

「我知道了，我會躲起來，埋伏著等妳出來的。」

「……那樣感覺很像跟蹤狂耶。」

愛理沙輕笑出聲。

她的反應讓由弦也跟著笑了。

由弦保持著兩人的肩膀碰在一起的距離，和愛理沙走在路上。

剛開始兩人還開心地談天說笑……可是接近車站後，愛理沙的話就變少了。

而且表情變得有些心不在焉。

「愛理沙，妳有什麼煩惱嗎？」

由弦為了達成和愛理沙一起回家的真正目的而開口問她。

最近愛理沙經常會顯得心不在焉，發起呆來。

由弦從寒假前就會在上課時看著愛理沙，所以知道這件事。

愛理沙以前明明都會認真地做筆記的，可是她最近茫然地看著空中，彷彿在思考什麼事情，過一會兒才急急忙忙地抄下黑板上寫的字，這樣的行動次數變多了。

由弦起先還覺得她這樣的反應很新奇可愛，不過怎麼看都像是有煩惱的樣子。

這也是因為愛理沙最近在沉思時，表情顯得有些憂鬱。

「咦？不……我沒事。」

被由弦這樣一問，愛理沙搖了搖頭。

可是她口中說出的不是否定的用詞，而是「我沒事」這種想讓由弦安心的話。

「是嗎？」

老實說她看起來實在不像是沒事的樣子。

儘管如此，他也不能擅自認定說「妳不可能沒事」。
因為愛理沙會說「我沒事」，就表示她不希望由弦干涉這個問題。
而這時候他們正好走到了車站的剪票口前。愛理沙轉身面向由弦，簡單地行了個禮。
「那麼由弦同學，明天見。」
「嗯…………愛理沙。」
由弦叫住了準備離去的愛理沙。
然後把手放在愛理沙的雙肩上。
「呃，這是……」
「我是站在妳這邊的。如果有什麼我能幫上忙的事情，就隨時跟我說。」
愛理沙翡翠色的眼睛略顯動搖地晃了晃。眼眶變得濕潤了些。
「好的，由弦同學。謝謝你。」
愛理沙輕輕地點了頭。

※

位於從由弦家要走一段路的地方的某間餐廳。
在餐廳的休息室裡，身穿服務生制服的少年，和散發出中性氣息的男人正面對著彼此。

「是說由弦，你這一期的班表打算怎麼排？跟之前一樣？」
「這個嘛……可以的話，能幫我多排一點班就好了。」
由弦對散發出中性氣息的男人——打工地方的店長這麼說。
由弦身上兼了三份打工。
一個是父親朋友家小孩的家教。
另一個依舊是去父親認識的律師那裡幫忙（打雜）。
最後一個就是這間餐廳。
以時薪來說家教是最高的，其次是去律師那裡打雜。
說是這樣說，但這兩份打工的頻率都是一週一次，時間也是固定的，無法自由變更班表。
所以最能當作收入來源的就是這個在餐廳裡當服務生的打工了。
「可以嗎？」
「這對我來說是求之不得啦～可是你的課業不要緊嗎？要是由弦的成績變差了，我會被你父母罵的。」
理所當然的，這間餐廳的店長也是由弦父母的朋友。
不過……這邊不是靠父親或「高瀨川」家，而是仰賴由弦的母親牽線的。
「我不會給光海先生添麻煩的。」

長谷川光海。

這是店長的名字。

他是個非常親切的人，由弦也受了他很多照顧。

既然父母敢把由弦交給他，這也是當然的就是了。

……由弦是想自己找工作的，然而得不到父母的允許。

理由是社會上有很多壞人，這要說合理也確實很合理。

要再多說的話……其中也包含了要是由弦「搞砸了」什麼事情時，如果對方是認識的人，他們比較好處理並隱瞞事情，這種骯髒的大人們會有的盤算。

由弦當然沒打算搞砸任何事情就是了。

「嗯，如果是由弦應該沒問題吧。對店裡來說也是幫了大忙……是說我方便問一下理由嗎？你不想回答的話可以不用回答。」

「我想為了白色情人節存一點錢。」

由弦這麼回答後，光海「哦～」了一聲，睜大了眼。

接著便竊笑了起來。

「什麼？既然你都已經以會收到巧克力為前提了，是女朋友嗎？這麼說來，聖誕節你也說有約了，由弦你也很有一手嘛～」

「嗯……雖然不是女朋友就是了。是我喜歡的人。」

愛理沙不是他的女朋友。
不過愛理沙一定會送情人節巧克力給他吧……由弦是這麼推測的。
要是她沒送，由弦真的會大受打擊。
總之，如果確定會收到情人節巧克力，那他就該趁現在還有時間，趕快準備白色情人節的回禮。
若是把聖誕節的禮物形容為試探性的刺拳，這次他打算認真地揮出直拳，徹底攻陷愛理沙。
所以他需要足夠的錢。
「哦……那等你們交往之後，能不能介紹給我認識一下？」
「好，到時候我一定會介紹的。」
把未來的妻子介紹給關照自己的對象也是當然的。
「是說對方長得很漂亮嗎？有沒有長得像誰啊？」
「這個嘛……」
由弦說出了某位知名外國女演員的名字。
接著只見光海疑惑地歪著頭。
「難道對方是外國人？」
「她是混血兒。不過是在日本出生長大的就是了。」

由弦就順著光海的問題，說出了關於愛理沙的情報——當然沒提到跟她個人隱私有關的事。

長得漂亮、很會做菜、腦筋很好、也擅長運動，是相當出色的女性。

光海聽了這些話之後重重點頭，一副原來如此的反應。

「由弦你完全迷上人家了呢。」

「是啊。」

「你不否認啊？」

「因為這是事實。」

由弦著迷於愛理沙是不爭的事實，而且這也不是什麼需要害羞的事。

當然被人調侃的話，他會有些不好意思。

不過在那邊害羞感覺也很遜，所以他就光明正大地承認了。

「原來如此啊……」

光海好像理解了什麼似的點點頭。

「我知道了。我會盡量幫你多排點班的。」

「謝謝你。」

接著便離開休息室的光海，有些傷腦筋地搔了搔頭。

「……該怎麼向我們家的女孩子們解釋呢？」

真是罪過的男人啊……

他小聲地說完後，嘆了一口氣。

※

在那之後過了幾天的週六。

基本而言，由弦都將週六視為「愛理沙之日」，會把時間給空出來。

就在他一方面因為愛理沙要來，鼓足了精神打掃房間時……

由弦的手機響了。是愛理沙打來的。

「喂，我是由弦。怎麼了？愛理沙。」

『對不起……我今天沒辦法去由弦同學家。』

那聲音聽起來和平常的愛理沙不太一樣。

有一點沙啞。

「……妳身體不舒服嗎？」

這麼說來她昨天臉色感覺就不太好了。由弦回想著。

說不定是感冒了。

『對……咳，我感冒了。』

果然是感冒了。

但她在這個時機感冒實在不太好，這是因為……

「妳現在應該是一個人在家吧？我記得妳說妹妹去住朋友家，媽媽也和朋友出去旅行了。」

而天城直樹當然在工作。

天城大翔也回大學去了。

平常需要顧慮的對象都不在，反而比較輕鬆……要這樣說或許也沒錯，可是生病時只有自己一個人，想必很難受吧。

『咳、咳……我沒事。只要睡一覺就會好了。』

她這話聽起來非常剛強。

可是……這反倒讓由弦擔心了起來。

感覺她簡直就是為了不讓由弦擔心而在勉強自己。

「妳真的沒事嗎？」

『……我沒事。不用擔心。』

她稍微停頓了一下才回答。

看來她果然是在逞強。

由弦覺得愛理沙正在求助。

（我很想尊重愛理沙的想法，可是生病的話……）

就算只是輕微的感冒，也有可能會突然惡化。

而且這說不定是流行性感冒。

這次實在不是說什麼要尊重愛理沙的想法這種話的場合了吧。

而且……

（雖然她嘴上說沒事，但我總覺得……她希望有人能去救她。）

他們已經相處半年了。

由弦也變得能在某種程度上察覺到愛理沙真正的心情。

「那我這就出發去探病。」

『咦？不，可是……』

「之前我受傷的時候，妳不是也來照顧我了嗎？」

是指由弦從樹上摔下來，腳扭傷時的事。

現在回想起來，那正是一口氣縮短了他和愛理沙之間距離的契機。

「這次讓我去幫妳吧。」

由弦這樣一說……

在一陣沉默後，傳來了有些無力的聲音。

『拜託你了。』

「交給我吧。」

※

在去愛理沙家之前，有一件必須先做的事情。

那就是和身為一家之主，同時也是愛理沙監護人的天城直樹聯絡。

既然要踏入別人家的大門，當然得先取得對方的同意。

……不過由弦是抱著要是被拒絕就說服對方，或是把愛理沙帶回自己家來照料的盤算，

所以說穿了只不過是形式上的聯絡罷了。

於是打電話給直樹的由弦簡短地——

為自己在直樹工作時去電一事致歉。

再來是告知直樹愛理沙感冒了的事。

為了去探病，希望直樹能允許他進入天城家。

為了照料愛理沙，希望直樹能讓他借用一部分的廚房。

說了以上這四點。

而直樹對此的反應非常平淡。

『嗯，沒問題……抱歉啊，由弦。我女兒就拜託你了。』

「不會，畢竟愛理沙同學是『晚輩的』婚約對象。」

他在無意間，自然地強調了「晚輩的」這部分。

「晚輩」這個第一人稱不用說，是對自己的「婚約對象」的父親，也就是將來會成為岳父的人，表現得特別謙恭有禮的自稱……

不過也不小心洩漏出他那藏不住的占有慾。

『……話說回來，由弦。』

「是……有什麼事嗎？」

『由弦你……是怎麼看待愛理沙的？』

他忽然問這什麼問題啊？由弦不禁冒出這個疑問。

「我認為愛理沙是很重要的人。」

『……嗯，這樣啊。不，抱歉，問了你這種奇怪的問題。』

直樹也因為還在工作，不能講太久。

由弦說好之後會再通知他愛理沙的身體狀況後，便掛了電話。

得到直樹的同意後，由弦前往了愛理沙家。

他按了對講機，告訴愛理沙他來了。

過了一會兒，門微微打開了。

穿著睡衣，外頭披著一件外套的愛理沙就站在玄關。

平常梳得整齊亮麗的頭髮有一點亂。
雖然有半張臉都被口罩遮住了……但還是看得出來她的臉色不太好。
「早安，愛理沙。」
「早安……咳咳咳。」
愛理沙開始咳嗽。
由弦覺得讓她吹到太多冷風也不好，立刻關上了門。
「抱歉，我吵醒妳了嗎？」
「不，不要緊……」
總之由弦先在愛理沙的帶領下，前往了她的房間。
（她的身體狀況看起來不太好啊。）
雖然表現得很堅強，腳步卻有些搖搖晃晃的。
總之今天一整天都陪著她比較好吧。由弦做出了這樣的判斷。
「這裡是我的房間。」
這是由弦第一次看到愛理沙的房間。
雖然有點小，不過房裡的家具擺設很可愛。
是充滿了女孩子氣息的房間。
要不是愛理沙生病了，由弦會再多欣賞一下吧。

「這樣啊，位置我記住了。總之妳先躺回床上吧。」

「……好。」

愛理沙果然很難受。

她老實地鑽進了被窩裡。

「妳有去看過醫生了嗎？雖然看妳這樣子應該是沒去。」

「……我沒有去。咳咳……因為體溫也就三十七度左右，我想應該沒事。」

嘴上這麼說的愛理沙……老實說看起來實在不像沒事的樣子。

話雖如此，三十七度左右的話，的確也沒有必須立刻就醫的急迫性吧。

「……是說妳吃過午餐了嗎？還沒的話，我想說我可以去買點即食粥調理包之類的，甚至是水蜜桃罐頭回來。」

由弦不會自己煮粥，但如果只是調理包，就算是他也有辦法處理。

不過要是這個家裡平常就備有這些東西，那直接開那些東西來吃也行。

「嗯……還沒吃。要是你能幫忙買來那就太好了，因為家裡沒有那種東西……我正有點傷腦筋。」

「我知道了，我應該會連喉糖和運動飲料也一起買回來。妳還有想要什麼嗎？藥夠嗎？」

「藥的話家裡有常備的藥品，所以不要緊……那個，雖然很不好意思，不過要是能請你順便買退熱貼回來……就好了，剛好用完了。」

「好，我知道了。」

由弦交代愛理沙要是有什麼事就打手機給他之後，便去附近的藥局買了所需的物品。

愛理沙沒有聯絡他……不過擔心有什麼萬一，他還是小跑步地回到了天城家。

「愛理沙，我回來嘍。」

他在房門前這樣對愛理沙說，然而沒人回應。

於是他敲了敲房門之後，走進了愛理沙的房間。

（……她睡著了嗎？）

由弦心裡這樣想，探頭窺伺愛理沙的臉。

她的臉色看起來比之前更糟了。

「唔……由弦同學？」

「妳沒事吧？」

愛理沙臉上冒出汗水。她皺起端正的五官，微微睜開眼。

看她很難受又無力的樣子，由弦把手放到了愛理沙的額頭上。

「燒得很厲害耶……重量一下體溫比較好。妳自己能量嗎？」

由弦拿起放在旁邊的體溫計問愛理沙。

愛理沙輕輕點頭後，開始一一解開睡衣上的鈕釦。

清純的白色內衣映入眼簾，由弦連忙別開視線。

「量好了嗎？」

「……嗯。」

由弦從愛理沙手中接過體溫計。

數值是……三十八度七。

「燒成這樣，還是去看一下醫生比較好。說不定是流感。」

「唔……可是，要怎麼去……」

「我叫計程車。」

由弦用手機叫了計程車來。

幸好附近有空車，計程車馬上就來了。

「愛理沙，妳站得起來嗎？」

準備好健保卡和用藥紀錄卡的由弦問愛理沙。

愛理沙一臉茫然地點了點頭。

「可以，沒問題。」

愛理沙輕輕點頭後，搖搖晃晃地站了起來。

然而她馬上又站不穩腳步，差點跌倒。

由弦連忙扶著愛理沙。

「別逞強。我抱妳喔？」

「啊，不……等、等等……」

由弦單方面地宣告後，便無視不知所措地出聲叫住他的愛理沙，把她抱了起來。

是用公主抱的方式。

愛理沙剛開始嚇了一跳……

不過很快便用雙手抓緊由弦的衣服，安分了下來。

由弦就這樣抱著愛理沙走出去，搭上計程車，請司機開車到醫院去。

幸好醫院人不多，很快就看完診了。

感冒也只是發燒得比較嚴重，不是流行性感冒那種麻煩的傳染病，請醫生開了舒緩流鼻水、咳嗽症狀的藥，還有退燒藥之後，他們便立刻回家了。

回到家時已屆中午。

「愛理沙，妳有食慾嗎？」

由弦開口問躺回床上的愛理沙。

愛理沙微微搖頭。

「我沒什麼食慾……」

「這樣啊……」

雖說如此，可是醫生開的藥袋上標記著「請於飯後服用」。

不吃點什麼就沒辦法吃藥了。

「如果是水蜜桃罐頭，妳吃得下嗎？」

「……只吃一點點的話。」

由於愛理沙這麼說了，由弦便走去冰箱，拿了事先放進去冰的水蜜桃罐頭出來。

他隨便找個盤子把水蜜桃倒了出來。連同叉子一起拿回房間。

由弦扶愛理沙坐起來之後，讓她拿著盤子。

「覺得吃不下就剩下來不吃沒關係。總之先吃一口吧。」

「……」

愛理沙茫然地盯著盤子。

然後那雙翡翠色的眼睛看向了由弦。

「那個……」

「怎麼了？是……吃不下嗎？」

「不是，那個……」

愛理沙的臉頰微微泛紅。

那看起來……是和感冒或發燒的症狀有些不太一樣的原因造成的。

「怎麼了？」

難道比起白桃，應該要買黃桃比較好嗎？
就在由弦想著這種事情之際……
「……我吃。」
「嗯？」
「請你餵我吃。」
愛理沙用水汪汪的眼睛看著由弦這麼說。

※

我是從什麼時候開始喜歡上那個人的呢？
我忽然回想起這件事。
我第一次見到那個人時，是在開學典禮上。
養父嚴正警告過我「千萬不要和他起任何衝突」。
所以我從一開始就知道他這個人，也對他留有明確的印象。
他是個感覺很斯文、沉穩的人。
這是他給人的印象，大多數的同學也是這樣看待他的吧。
班上的女生都說他雖然長得帥，但感覺很乖巧內斂。

可是我不覺得他很乖巧內斂。
現在回想起來，我……覺得他很可怕。
要比喻的話，他就像是一棵大樹，或是蓊鬱的森林。
安靜沉著。
可是……有著非常強大的力量。
我有這種感覺。
兩人同班之後，我跟他也幾乎沒有交談過。
我自己不太想和男性有交集，他對我也不像是特別感興趣的樣子。
所以養父對我說「他想和妳相親」時，我有點驚訝。
他對我擺明了就沒有興趣。
儘管我很疑惑，他真的喜歡我嗎……但我還是沒能婉拒相親，答應了養父。
而果不其然，他想和我結婚這件事是養父誤會了。
不僅如此，他還一副不是很想結婚的樣子。
我覺得這也是理所當然的。
要高中生訂婚還是結婚什麼的……實在難以想像吧。
所以說不定。
他會願意答應「假婚約」這個亂來的請求。

而且他最後答應了我的請求。

為了包庇我。

他是個溫柔，又懂得體貼他人的人。

我對他又多了這一層印象。

要問我是從這時候就喜歡上他了嗎……我也不知道。

至少，那時候我對他還沒有那麼強烈的感情……我是這樣想的。

我之所以無法斷言，是因為現在回想起來，發現那時他的體貼讓我很高興，覺得他很可靠，同時……也覺得胸口變得非常難受。

在那之後，一方面也是順應當時的情況，我變得會每週到他家去一次。

我因此得知了很多關於他的事。

而等我注意到時，我也把關於自己，以及家庭狀況的事告訴了他。

大多數的人知道我的狀況之後……大致上會採取兩種行動。

不是「多管閒事」，就是逃離我身邊。

不，我用這個說法可能太自我中心了吧。

沒有血緣關係的哥哥不時會做些多管閒事的舉動。

他明明幹不了什麼大事，還老是做些多餘的事，害我的處境變得更惡劣了。

所以我才會儘管希望有人能來幫助我，嘴上卻說自己根本不需要幫助。

因為對方明明就無法幫助我，卻會試圖來幫我。
那樣只是在幫倒忙，反而會讓我的處境變得更糟。
由於我拒絕他人的幫助，其他人開始會裝作沒看見或是逃走。
我明明希望有人能幫助我，卻又不希望有人來幫助我。
我希望有人能用恰到好處的做法營造出對我有利的結果，用這種方式來幫助我。
我覺得這真的是很任性、自私自利、傲慢的想法。
像我這種什麼意見都不敢表達出來的膽小鬼，怎麼可能會這麼剛好地出現一個能察覺到我的心思，並且為我實現心願的白馬王子？
不可能會有這種人的……
明明如此，他卻為我做了那些事。
說他會成為我的助力。
他盡可能地在幫助我。
可是不會做出那種反而會使我的處境惡化的強硬行為。
這說不定是我過度美化了。
也有可能只是偶然。
儘管如此……他還是有好好地看著我，察覺到什麼都不說的我的希望，尊重我的想法，做了我希望他能做的事。

這個人會保護我。

他讓我產生了這種安心感。

所以……我想說如果對象是他，我就能放心，才會答應他一起去水上樂園約會。

然後我在那裡，被偶然遇見的亞夜香同學和千春同學問了。

她們問我，妳喜歡他嗎？

我不知道自己是什麼時候喜歡上他的。

可是要說我是什麼時候明確意識到這件事的……就是這個時候吧。

首先，我得以確認他跟亞夜香同學還有千春同學之間不是那種關係，也沒有那種感情後，鬆了一大口氣。

再加上亞夜香同學和千春同學問了我對由弦同學有沒有好感……我才意識到。

原來我喜歡他。

然後夏日祭典的那一天成了決定性的關鍵。

他原諒了我的「謊言」。

我可以信任他。

也會覺得很安心。

會覺得就算把自己交給他也行……吧。

我是這麼想的。

被他抱著，我的心就跳得好快。
被他摸著頭，就覺得好安心。
相反地，我摸他頭的時候，便會湧現出一股想要惡作劇的心情。
我很清楚地知道這就是戀愛。
他是不是也同時喜歡上了我……這我就不知道了。
不過他在養母面前保護了我，收到我做得不怎麼樣的生日禮物也很開心。
所以……我有點罪惡感。
因為我根本沒有給他任何回報。
我總是單方面地受到他的幫助，而且……我自己還不主動求助。
這種行為簡直就是把所有的責任都推給了他。
我覺得自己非常醜陋。
所以我……對他遷怒了。
說我是很醜陋的人。
說他只是不知道。
其實我很不像樣、很自私、很任性。
可是他接受了這樣的我。
在知道我是個醜陋的人的前提下，還肯定了我。

我現在依舊覺得有些過意不去。

可是心裡輕鬆了許多。

與此同時，我也覺得自己必須回報他一些什麼才行。

我不能總是讓他單方面地為我盡心盡力，我也得盡力去回報他。

說是這麼說……但要說我能為他做些什麼，也只有做便當而已。

可是他很高興。

總是跟我說我做的菜很好吃。

要我就這樣一直為他做便當也行。

我也希望可以每天幫他煮晚餐。

我甚至開始有了這種想法。

而在聖誕節的那一天，他說希望我往後也能繼續為他做飯。

我覺得他那句話簡直就像是在求婚。

當然他不可能是帶著求婚的意思對我說那句話的。

不過如果那真的是求婚，我應該也會點頭答應吧。

我會很樂意接受。

這時候我是這麼想的。

假如對象是這個人，我願意和他結婚。

跟他在一起，結婚、成為夫妻、生下孩子、一起變老、被兒孫包圍著……我想像得出這樣的人生。

我至今為止都沒想過和他結婚的事，但這件事開始帶有現實感了。

我開始會看著他送我的項鍊，想像著與他婚後的生活。

我多少有一點感覺，不過他應該是喜歡我。

這只要看項鍊就知道。

他送給我的項鍊是名牌，而且是非常出色的商品。

我一看就知道了。

他有確實掌握住我的喜好……以前我跟他去電影院約會時，我跟他說的話，他都有好好聽進去，並且記在心裡。

而且這條項鍊要價不菲。

對於得靠打工賺取生活費的他來說，買這條項鍊應該也不是一筆小錢吧。

一般人是不會送這種東西給不喜歡的女性的。

所以他喜歡我……吧。

我和他的關係是假的「婚約對象」。

可是這是建立在我和他之間都對彼此沒有意思，到我能夠靠自己獨立生活時，就會取消這個婚約的前提下。

然而這個前提消失了。

我喜歡他。

他喜歡我。

這然這樣，只要繼續維持這個關係下去就好了。

這樣到最後，我們就會變成普通的婚約對象……然後結婚。

就是在我悠哉地想著這種事情之際。

養父突然對我說了。

「妳不想要的話，不結婚也沒關係。」

這句話。

聽到養父說這句話時，我一開始還以為是自己犯了什麼錯。

這也是因為養父正好是在我們為了拜年而去他老家拜訪之後才對我說的。

還是說是他對我已經沒興趣了呢？

我覺得很不安，所以問了養父。

養父稍微思考了一下之後，回答了我。

照養父的說法……原本要和他訂婚的人不是我，而是妹妹芽衣。

不過是他們家指名要我的。

而我也正好想要相親，所以我們才會訂下婚約。

可是……

「不過我在想，妳說不定其實不想去相親。」

養父是這樣說的。

我不知道該怎麼回答才好，只能呆立在原地。

「妳不想要的話，不結婚也沒關係。不想要的話……就說妳不想要。我會等妳的答覆。」養父見我沉默不語，又這樣對我說。

確實到不久之前，我都還不想結婚。

但我現在已經不這麼想了。

說穿了，事到如今才說這種話又如何？而且到了現在，這話也毫無意義了。

為什麼養父會忽然說出這種話呢？

這時我忽然想到了……養母這個人的存在。

養母很討厭我。

而且關於這樁婚事，養母似乎也很不樂見我和他結婚。

她該不會是想用我不想結婚為由，讓我和他的婚約化為烏有吧？

然後再讓自己的親生女兒芽衣跟他訂婚。

養父也是，拿我和他的親生女兒相比，他一定比較疼自己的親生女兒，所以想讓芽衣跟他結婚……

這也有可能是我被害妄想過頭了。

然而我還是無法徹底否定這個可能性。

還是說……又是那個人多嘴，跟養父或養母亂說了什麼嗎？

那個人真的每次、每次、每次都……

不，算了吧。

畢竟我也還不確定實際上的情況到底是怎樣。

無論如何，我和他的婚約確實出現了變數。

事情變成這樣，讓我忽然不安了起來。

他真的喜歡我嗎？

到不久之前，我對於他對我的感情……我這樣說或許有些太自負了，不過我絕對有自信他是喜歡我的。

因為他對我的態度就是那麼地溫柔。

還送了我非常棒的禮物。

最重要的是……沒有人會對不喜歡的人說「我可以抱妳嗎？」這種話。

我們絕對是兩情相悅。

我甚至覺得他有可能是因為已經把我當成是女朋友了，才沒有特地向我告白。我就是認為他有這麼愛我。

不過這些或許全是我的妄想。
是因為我喜歡他，才會只看見事情對自己有利的部分……
我的腦海中閃過了這種可能。
我開始懷疑他只是單純地扮演著「婚約對象」的角色。
他其實只把我視為普通的異性朋友。
仔細想想，他和從小認識的女孩子們相處起來也沒什麼距離感。
說不定這種距離感對他來說是很普通的……
不、不對……這太說不過去了。
一般人才不會想要抱住不喜歡的人，或是摸對方的頭。
就算不是非常喜歡我，他應該也多少對我有好感……才對。大概是這樣，一定是這樣。
即使如此，我依舊有些不安。
他是很出色的男性。
在學校裡雖然不是特別突出，但那是因為他平常不會刻意去做抓頭髮之類的事。
他和我約會時就會好好地打扮自己。
有好好打扮過的他非常帥氣。
而且他長得很高。
不僅溫柔，也很紳士。

非常懂得怎麼體貼女性。

腦筋聰明，有教養，也很擅長運動。

他也很有幽默感，所以跟他聊天很開心。

再說……雖然提起他的優點時，如果說到這一點，一定會讓他不太高興，不過高瀨川家非常有錢。

由於我到半年前都還不知世事，不知道他們家到底有多少財力和政治力，不過到了現在，就算是我也知道了。

我當然不是因為他有錢才喜歡上他的，也不是因為這樣才愛他的。

就算他家道中落，我也絕對不會因此就對他沒了感情。

只是……一定會有看上他家的財力而接近他的女孩子。

以比較傳統的方式來說，就是狐狸精。

他絕對不是會花心的人。

我相信他的人品。

可是他沒有對我告白，也沒有向我求婚。

也就是說，我和他之間如果拿掉了「婚約對象」這層關係，便只是普通的異性朋友。

要是他其實沒有我想像中的那麼喜歡我，至少沒有像我喜歡他那麼地喜歡我。

然後這時若是有個非常有魅力的女性接近他。

我光想都覺得討厭。
我想要一個明確的證明。
我希望他能親口說出他喜歡我、他愛我。
希望他用話語來表現出他的心意。
這樣一想……又回到了他為什麼不對我說他喜歡我的問題上。
他喜歡我。
他應該是……喜歡我的。
而我也覺得自己用行動向他表示了我喜歡他的事。
我認為在這個情況下，他早就可以向我告白了。
儘管如此，他還是沒把他的心意傳達給我。
……當然，這些話也可以套用在我自己身上。
既然他不跟我告白，那就該由我主動告白。
這才合理。
我也知道自己一直保持沉默，無言地讓他意識到我希望他做的事，一味地享受這種互動方式其實不好。
只會咬著指甲，眼巴巴地看著自己想要的東西卻不主動爭取，是我的壞習慣。
可是……我知道這是自私的想法，但我希望能由他主動說「喜歡」我。

說夢想是有點太誇張了，可是被喜歡的人用羅曼蒂克的方式告白是我的心願。

我想這不僅是我，而是眾多女性共同的心聲吧？

況且……這話聽起來可能像是藉口，但是我認為他自己應該也希望是由他主動告白。

他們家（雖然這樣說或許不太好）非常守舊。

我覺得他自己的觀念也多少受到了家庭影響。

實際上，他和我一起走在路上時，他總是會走在靠馬路的那一側，下車時也會伸手扶我。

我不認為他有那種男尊女卑的觀念……

不過他應該會覺得告白或求婚是要由男性來做的事情吧？

所以我想盡量等他主動向我告白。

把話題稍微拉回去一點。

他為什麼不願意向我告白？

我明明就作好了隨時都願意答應他的準備啊。

而我煩惱到最後，忽然想到了某個可能性。

他該不會……是個遲鈍到不行的人吧？

他是不是沒有發現我喜歡他啊？

他是不是沒有意識到我們其實兩情相悅啊？

仔細回想起來，新年的時候。
他若無其事地牽了我的手。
我那時非常高興，同時也覺得很不好意思。
我想自己把這些情緒都表現在臉上了。
應該有把手被牽起而產生的那份悸動、喜歡他的這個事實，表現在臉上才對。
他卻一臉像是在說「嗯？妳怎麼了？」的表情。
因為他很擅長隱藏自己的情緒，我本來以為他一定是在裝傻，掩飾自己的害羞吧。但說不定……
我對他的心意真的沒有傳達給他。
他突然說要跟我一起回去時也是這種感覺。
只有我一個人很害羞。
如果他超級遲鈍，沒有感受到我的心意。
那我也可以理解他為什麼不跟我告白了。
他雖然是個很有勇氣的人，但是要向一個不知道喜不喜歡自己的人告白，會猶豫不決也是無可奈何的事。
可是這樣下去不管過了多久，他都不會向我告白的。
要是他真的遲鈍到了極點，照之前的相處方式，他絕對不會發現。

該怎麼辦……

或許是我不該認真地煩惱這種事情吧。

難得到了週六，我卻感冒了。

而且還正好挑在一個養母和芽衣都不在家的時候。

……不，養母不在家，我在心情上才能放鬆，所以這樣說不定還比較好。

我把這件事告訴他之後，他非常擔心我。

然後說他要來探病。

一開始我覺得很過意不去。

當下我的感冒還不嚴重，而且我也不能把感冒傳染給他。

然而……我覺得很不安也是事實。

他隔著電話感受到我的情緒了吧。

他提起我以前也有去照顧過他的事，給我台階下，讓我更有理由接受他的幫助。

他的這份體貼令我非常高興。

同時也覺得很過意不去。

我接受了他的好意。

結果事實證明我做了正確的決定。

我的感冒在他來了之後惡化了。

高燒讓我幾乎失去判斷力，意識也很模糊，甚至差點在他面前秀出我的內衣給他看。
有他在真的讓我安心多了。
而且……能被他公主抱，我也覺得有一點賺到。
他在那之後帶我去看了醫生，回來之後還準備了吃的給我。
他把放著碗跟叉子的托盤遞給我。
這時……我忽然想到了。
如果繼續用平常的方法和他相處，他不會發現我的心意。
而且就算我說要等他主動告白，但自己一直處於被動狀態也不好。
我也得做出一點改變才行。
我得更積極、更清楚明瞭地把自己的心意傳達給他才行。
所以……
「請你餵我吃。」
我說了這種任性的話。

※

「請你餵我吃。」

聽到愛理沙這樣拜託他時，由弦有點驚訝。
雖然之前也有過幾次愛理沙要由弦把胸膛借給她，這種讓由弦看到她脆弱一面的行為……
不過像這種任性的要求還是第一次。
（唉……畢竟她感冒了，應該很虛弱吧。）
他當然沒有理由拒絕。
由弦點點頭，用叉子叉起切成小塊的水蜜桃，送到愛理沙的嘴邊。
「來。」
「啊……」
愛理沙微微張口，將水蜜桃含入口中。
他緩緩地從愛理沙豐潤的唇瓣間抽出了叉子。
愛理沙緩緩地動嘴咀嚼著，吞下了水蜜桃。
然後又微微張口。
「再餵我吃一點。」
「……嗯。」
儘管感覺變得不太對勁，由弦依舊把水蜜桃送入了愛理沙的口中。
這只是在照顧病人而已。

可是他不知道為什麼覺得這情境有點煽情。
同時也感受到一股像是在餵食雛鳥般的保護慾。
雖然這種扭曲的心情令他不知所措，由弦還是「餵食」完了愛理沙。
他讓愛理沙喝水吃了藥。
順便幫愛理沙換了冰枕和退熱貼片。
「由弦同學……那個……」
「別擔心，我會一直待到傍晚。」
我不會馬上回去。
由弦雖然想讓愛理沙放心而這麼說……她卻搖了搖頭。
「不是……」
「怎麼了？」
「請你握著我的手，到我睡著為止……」
愛理沙淚眼汪汪地拜託他。
看來她在精神上已經撐不住了。
由弦溫柔地握住了愛理沙的手。
她的手非常柔軟、漂亮，而且熱呼呼的。
愛理沙放心地閉上了眼睛。

過了一段時間後，她發出了規律的呼吸聲，睡著了。

由弦小心不要吵醒愛理沙，鬆開了手。

然後悄悄地……走出了愛理沙的房間。

「由弦同學……由弦同學……」

大約下午四點半時。

正在客廳用手機查要怎麼照顧感冒病人的由弦，聽到愛理沙的呼喚聲而站了起來。

那是宛如雛鳥在叫母鳥，非常可愛，又有點寂寞的聲音。

由弦立刻走向愛理沙的房間。

「由弦同學……」

愛理沙看到由弦的臉之後，露出鬆了口氣的表情。

她似乎是醒來後發現由弦不在，覺得很不安。

「抱歉，我想說要是自己也感冒就不好了。」

當然由弦其實覺得不過是感冒，就算得了也沒什麼大不了的。

這是考慮到要是他感冒，愛理沙應該會很過意不去，他才這麼做的。

「嗯，這我知道……你還在家裡真是太好了。」

愛理沙這樣說完後，抬頭看向由弦。

她的兩頰泛紅，眼尾下垂，眼睛水汪汪的……露出了像是在乞求什麼的表情。

由弦是不知道愛理沙想要什麼……

但總之先試著摸了摸她的頭。

接著只見愛理沙閉上眼睛，一副很舒服的樣子。

他似乎是答對了。

想起老家的愛犬，由弦不禁苦笑。

「愛理沙，妳有食慾嗎？」

「食慾……」

就在愛理沙要回答的瞬間。

響起了一陣小小的「咕嚕～」聲。

愛理沙的臉又變得更紅了。

「想吃東西……」

「這樣啊，雖然是調理包，不過我原則上還是有買了粥過來，所以去加熱給妳吃吧。還有妳應該也口渴了吧？我先拿喝的過來吧？」

「嗯，拜託你了。」

愛理沙點點頭。

由弦先把事先冰進冰箱裡的運動飲料拿出來，遞給愛理沙。

看愛理沙咕嚕咕嚕地喝下運動飲料後，他再走去廚房。

把粥倒進碗裡，微波加熱。

然後連著湯匙一起拿去找愛理沙。

「那個……」

「想要我餵妳吃嗎？」

「……嗯。」

由弦拿著湯匙，吹涼舀起的粥。

接著慢慢地把湯匙送到愛理沙的嘴邊。

愛理沙一口含住了湯匙。

或許是因為消耗了不少體力吧，她好像很餓。

轉眼間就把粥吃完了。

「要吃水蜜桃罐頭嗎？」

「……拜託你了。」

因為看她好像還有點意猶未盡，由弦便把午餐剩下的水蜜桃罐頭也拿來餵愛理沙吃了。

然後要她喝水吃藥，量體溫。

她的燒已經退到三十七度多了。

「總之我幫妳換個冰枕吧。」

「……那個，在那之前我有件事想要拜託你。」

「怎麼了？只要是我能做到的事，我都會幫妳就是了。」

由弦這樣說完後，愛理沙神色有些緊張，不知道是不是因為發燒才紅著臉，開口拜託由弦。

「我想要擦擦身體。」

「啊……說得也是喔。」

因為她流了很多汗。

她一定想擦擦身體，也想換套衣服吧。

而且說不定連床單也要換一下比較好。

「我幫妳準備濕毛巾。」

「拜託你了。」

愛理沙緊張地點了點頭。

儘管愛理沙感覺有點怪怪的，讓由弦有些疑惑，他還是準備了幾條濕毛巾過來。

「那愛理沙，我先出去，妳擦擦身體，換套衣服吧。等妳換好之後我再來換床單喔。」

「……好，謝謝你。」

愛理沙點點頭，拿起了毛巾。

由弦確認她的動作，打算離開房間時……

「請等一下。」

愛理沙用微弱的聲音叫住由弦。

由弦心想：「怎麼了嗎？」又轉身回去。

「怎麼了……喂、喂！妳在做什麼啊！」

由弦轉身後，只見愛理沙正一一解開睡衣的鈕釦。

可以窺見她微微汗濕的胸部，以及清純的白色內衣。

愛理沙解開所有鈕釦後……

轉身背對由弦。

接著她稍微脫下睡衣，露出雪白的肩頭。

然後把頭稍稍轉了過來。

她的臉紅得像番茄一樣。

「那個，由弦同學……」

愛理沙用莫名魅惑的聲音叫了由弦的名字。

然後或許是因為害羞吧，她的聲音顫抖著……可是用由弦可以清楚聽見的音量說了。

「因為……背後我自己擦不到，可以請你幫我擦嗎？」

她說完後完全脫下了上半身的睡衣。

露出了因為汗水而變得濕淋淋，泛著薔薇色紅暈的雪白背部。

睡衣褲子的褲頭，也就是腰部的位置，可以稍稍窺見被汗水沾濕的內褲上緣。
接著愛理沙把手繞到背後，解開了內衣的背扣……動作靈巧地往前脫下了內衣並開口。
「那個……拜託你了。」
愛理沙用幾乎快要聽不見的微弱聲音又拜託了一次由弦。
由弦下意識地嚥下了一口口水。
「不、不是……愛理沙，這樣做實在太……」
由弦一邊拚命地按耐著血流想要集中到下半身的衝動，一邊說道。
由弦和愛理沙如果是名副其實的情侶，幫她擦擦背也無所謂吧。
可是就算名義上是婚約對象，實際上他們只是普通朋友。
當然他們（在由弦心中）未來是打算成為名副其實的婚約對象的，然而現在的情況不一樣。
雖然由弦覺得這實在不行，打算拒絕她……
「……是因為很髒嗎？」
「咦？不是……」
「對不起……我的汗一定很髒吧。」
愛理沙用哀傷的語氣這麼說。
對由弦露出了大受打擊，很失落的表情。

「不，沒這回事。」
由弦反射性地回答了。
接著愛理沙儘管害羞，依舊用雀躍的聲音說了。
「那……你願意幫我擦背嗎？」
「……好啊，我知道了。」
由弦帶著有如喝醉了的感覺，重新面向愛理沙的背。
雖然因為汗水而濕透了……但真的是很柔滑、美麗的背部。
不如說由於汗濕了，反而更顯得誘人。
不知道是因為發燒還是害羞，她雪白的背上微微泛起紅暈。
由弦攤開濕毛巾，緩緩靠近她。
心臟緊張地噗通作響，手也顫抖著。
「呀啊！」
接著愛理沙便嬌媚地叫了一聲。
由弦的心猛然一跳。
「喂、喂！」
「對、對不起……我、我嚇了一跳……」
由弦才真的是嚇了一跳。

喜歡的人半裸著，還突然發出這種嬌媚的聲音，不管是誰都會嚇到……以及興奮起來吧。

「不，我應該先跟妳說一聲再開始動作的……那我要擦嘍。」

「好……嗯……」

由弦再度用濕毛巾擦起愛理沙的背。

他不斷拭去緊黏在她身上的汗水。

而每當他移動毛巾……愛理沙便會輕聲嬌喘。

「啊……嗯……嗯……」

「……會癢嗎？」

「嗯，對……嗯……對不起……」

愛理沙用雙手和衣服遮著前面的身體，稍微轉過身來，對由弦這麼說並點點頭。

雪白的鎖骨和漂亮的腋下，以及從腋下延伸到身體前方的雪白豐滿線條映入了由弦的眼簾。

他全身的血液都加速流動了起來。

愛理沙再度轉過頭去的同時，由弦也繼續擦起她的背……

可是由弦無論如何，都很在意愛理沙的**前面**。

儘管他覺得這樣做不好……

（追根究柢，要怪愛理沙自己這麼沒防備吧？）

他在心中找著這樣的藉口，稍微湊近愛理沙。

然後往前探出身體，悄悄越過肩膀窺看前面。

嚥下一口口水……由弦緊張地屏息。

他首先看到的是優美的鎖骨。

鎖骨下方的部分則劃出了一道感覺非常柔軟的曲線。

曲線的中心線是令人忍不住想用手指劃過的深谷，明顯地可以看出那裡積了一些汗水。

因為她用雙手按著睡衣來遮住胸部，那感覺非常柔軟的脂肪稍微被壓扁了些。

即使如此還是可以明顯地看出她的豐滿，真的很大。

而且也可以清楚地看見她沒能完全遮住的上半部和側邊。

只是……看不到最重要的頂點。

只要愛理沙把手移開一點點就能看到了啊……

一股極為心癢難耐的心情襲向由弦。

「那、那個……由弦同學。」

「咦？怎、怎麼了？」

聽到愛理沙叫他，由弦忽然回過神來。

他的心臟噗通噗通地狂跳。

愛理沙用水汪汪的眼睛仰頭盯著由弦。
兩人的臉……靠得非常近。
他甚至可以感覺到愛理沙呼出的熱氣。
「你這樣一直盯著我看……我、我會很不好意思的……」
「不，這……對、對不起。」
由弦反射性地別開了目光。
他偷看愛理沙胸部的事情似乎被發現了。
在那之後由弦便專心地擦著愛理沙的背……
總算完成了這個工作。
然後由弦離開房間，等愛理沙自己擦完前面，換好衣服。
等了一段時間後，愛理沙說他可以進去了，他才又進了房間。
「抱歉給你添麻煩了。」
「不、不會……別在意。我也是……要說聲抱歉。」
「不、不會……沒關係，那個，不如說……」
話說到這裡，愛理沙就支支吾吾地沒說下去了。
由弦雖然很在意她的不如說後面要接什麼，卻仍沒開口問她。
不過這樣由弦也把能做的照顧病人的事都做完了。

因為時間也不早了，他開口向愛理沙道別。
「那總之，我今天就先……」
回去。
就在由弦打算這麼說時。
「那個，今天……可以請你住下來嗎？我、我一個人會怕……」
「住、住下來，這個……」
「不、不是……那個，我不會要你跟我一起睡的。只、只是……該說希望你能在旁邊陪我嗎……」
不行嗎？
愛理沙由下往上看著由弦這麼說。
由弦當然不可能說不行。
「……我先問問妳父親，如果他同意……我就回家去拿睡袋過來。」
「好的，我知道了。」
不知道該怎麼說明才好的由弦，只能開口拜託天城直樹，說愛理沙的狀況不佳，她又希望自己能留下來陪她，所以請直樹能同意他留宿一碗。
直樹雖然猶豫了一下……但還是說「我女兒拜託你照顧了」，同意他的請求。
由弦急忙趕回自己住的華廈，拿了睡袋過來。

「真的……給你添麻煩了，對不起。」

「別在意，感冒這種時候，妳就盡量撒嬌吧。」

由弦這樣回答向他一鞠躬致歉的愛理沙。

接著，愛理沙可能是順著由弦的話要撒嬌吧……

「那個，我睡不著……你可以握著我的手嗎？」

「好啊，我知道了。」

由弦和白天一樣，握住了愛理沙的手。

愛理沙放心地閉上雙眼，由弦望著她的睡臉。

過了一會兒，床上傳出可愛的規律呼吸聲。

（……不過她真的很漂亮呢。）

由弦直視著愛理沙的臉……盯著她豐潤的嘴唇。

要是這時候把自己的嘴唇湊上去，她會醒過來嗎？這種邪念湧上由弦的心頭。

（不、不行……這樣可不好。我不該做這種等於背叛了她信任的事。）

由弦拚命地用名為理性的韁繩抑制住自己的本能。

就在他轉身打算離開愛理沙的房間時……

「由弦同學……我喜歡你……」

他的心臟猛然一跳。

由弦緩緩地轉身。

愛理沙……依然在睡覺。

「……是在說夢話啊。」

由弦輕嘆了一口氣。

然後他小心不要吵醒愛理沙地打開了房門……

並在離開之際低聲說了一句。

「我也喜歡妳喔，愛理沙。晚安。」

他輕聲說完這句話之後，關上了門。

接著……

「由弦同學是……大笨蛋……這樣我不就睡不著了嗎……」

愛理沙把臉埋在枕頭裡，小聲地說道。

※

隔天。

「燒也退了，可以暫時放心了呢。」

由弦這樣說完後，不知為何用棉被遮著半張臉的愛理沙說道。

「……嗯。」

她從今天早上開始就一直是這樣。

恐怕……是因為害羞吧。證據就是她的耳朵整個都紅了。

至於要說她為什麼害羞。

這個由弦也大概察覺到了。

昨天的愛理沙感覺有些不對勁。

她很積極地對由弦撒嬌。

不，說不定她只是平常都繃緊了神經，昨天那個愛撒嬌的愛理沙才是「真正的愛理沙」。

「……昨天給你添麻煩了。」

愛理沙遮著臉說。

然後不時偷瞄，觀察他的反應。

這個動作根本就是在賣萌，可愛得要命……

可是她這樣連由弦都害羞起來了。

「我不在意，所以沒關係啦。」

「……那就好。」

那就好。

愛理沙嘴上雖然這麼說，但她還是在觀察由弦的反應。

好像很在意什麼的樣子。

「怎麼了……？如果有什麼要求，不管說什麼我都會聽的。」

「……由弦同學大笨蛋。」

愛理沙說完後便用棉被蓋住了自己。

即使再怎麼害羞，開口罵人這也太不合理了吧。

由弦不禁苦笑。

再隔天的週一。

由弦到學校時，愛理沙已經在教室裡了。

雖然說週日早上就退燒了，不過看來病況沒有再惡化，順利痊癒了。

僅有一瞬間，由弦和愛理沙對上了眼。
只見愛理沙微微一笑。
然後等由弦坐到位置上後……手機響了。
他一看手機，是愛理沙傳來的訊息。
她傳了『前天謝謝你了』的文字，和可愛的貼圖過來。
既然她都傳來了，由弦也傳了『別勉強自己喔？』的訊息回去。
接著她馬上就回傳了。
『如果我病倒了，你要再幫幫我喔。』
文字還配上了俏皮的貼圖，由弦於是認為這應該是句玩笑話。
『交給我吧。到時候要我送妳去保健室嗎？』
『都送了，就送我回家吧。』
『用公主抱可以嗎？』
『是可以，不過你的臂力沒問題嗎？』
『妳有那麼重嗎？』
『這問題太失禮嘍。』
她回了個生氣的貼圖。
由弦差點忍不住笑出來，連忙用手遮住自己的嘴。

要是這時候笑出來，他就會變成一個人在那邊玩手機還不停竊笑的噁心男人了吧。
『我會為了妳努力的。』
『你這樣講，不就像是在說我很重嗎……』
愛理沙似乎很不滿他這個「我會努力」的回答。
是說愛理沙的體重絕對不算重，卻也不到跟羽毛一樣輕的程度。
他話就不說得那麼白了，不過愛理沙身上那些有長肉比較好的部分都還是有長肉。
再加上她平常也多少有在運動，所以仍有一些肌肉。
確實有著健康女孩該有的體重。
『妳一點都不重喔。』
『你怎麼知道？』
『我前天不是才抱了妳嗎？』
由弦回了這句話，經過短暫的沉默後，愛理沙回傳訊息過來了。
『啊……』
只有感嘆詞。
好了，現在的愛理沙臉上是什麼樣的表情呢？
由弦雖然有點在意，不過要是觀察她的表情，其他人可能就會知道他在跟愛理沙互傳訊息了。

這並非他的本意，所以只能忍下來。
雖然這真的很難忍。
『你覺得怎麼樣？』
愛理沙終於回傳的訊息，是詢問他感想的疑問句。
他到底該回答什麼東西是怎樣才對啊？
由弦有些傷腦筋。
（……嗯，是很軟啦。）
由弦在抱起她時，感覺到的是她的柔軟。
他雖然是因為不可抗力才碰到了她許多地方，不過她有著女孩子特有的柔軟感。
再來就是……
（很可愛……）
緊緊地抓著由弦的衣服，用水潤的眼睛仰望著由弦的愛理沙非常可愛，惹人憐愛到了極點。
由弦明確地感受到由於感冒了，在身體跟精神上都很衰弱的愛理沙仰賴著自己。
這樣的愛理沙讓他感受到強烈的保護慾，以及混著征服慾的慾望。
由他來保護愛理沙。
雖說自我膨脹也該有個限度，但他心中依舊湧現了這種慾望。

說是這樣說，但他又不能老實說出這些感想。

此外從剛剛對話的脈絡來看……這應該是針對愛理沙的體重提出的問題吧。

『我覺得是感覺不錯的重量喔。』

『你這是性騷擾。』

她馬上就回傳了這樣的訊息。

真要說起來，一開始先嗆我「不過你的臂力沒問題嗎？」的也是妳，一直抓著體重這個話題不放的也是妳啊……

由弦多少覺得她這反應有點不講理。

所以為了回敬她兼惡作劇，由弦也丟了個問句給她。

『那妳覺得怎麼樣？』

既然要問對方感想，那妳也有義務要回答吧。

由弦抱著這種壞心眼的想法，傳了這樣的訊息過去。

不出所料，愛理沙不知道該怎麼回答才好吧，訊息雖然出現了已讀的標示，卻遲遲沒有回應。

由弦儘管心裡有些焦急難耐，還是等著愛理沙的回應。

可是愛理沙就這樣一直沒有回應……到了快要開朝會的時間。

我該不會是惹她生氣了吧？

就在由弦開始有些不安之際。

愛理沙回傳訊息了。

『我有點心動了。』

由弦也心動了。

心臟噗通噗通地，猛跳個不停。

她是用什麼表情打出這句話的呢……由弦心中湧上了一股想要確認的衝動。

『下次還可以再拜託你嗎？那個……我感冒的時候。』

接著她又傳了這樣的訊息過來。

由弦總覺得前半句才是愛理沙的真心話，後半是加上去的藉口。

由弦也立刻回傳了訊息。

『小事一樁，公主殿下。』

『……你都不會覺得不好意思嗎？』

『被人指出這點我就會害羞起來，所以拜託妳別說。』

第三章　和「婚約對象」的心理戰

由弦和愛理沙用手機開心地傳訊息聊天那一天的放學後。

由弦被亞夜香和千春叫到了屋頂上。

「小亞夜香、小千春，妳們找我有什麼事？」

又想到什麼鬼點子了嗎？

由弦腦中想著這種失禮的事情，開口問她們兩個。

「我可以直接了當地問你嗎？由弦弦。」

「我是無所謂啦……」

「由弦弦，結果你到底喜不喜歡小愛理沙啊？」

被亞夜香這樣一問，由弦覺得自己的臉頰微微熱了起來。

他想掩飾害羞的心情，邊搔了搔臉頰又別開視線，邊回覆亞夜香。

「唉……答案就如妳們所見啊。」

從客觀的角度來看，由弦相當喜歡愛理沙是顯而易見的事實。

這種程度的事，由弦本人當然也有自覺。

「那你也知道愛理沙同學喜歡由弦同學嗎？」

「……嗯，我覺得我們應該是兩情相悅啦。」

由弦回答了千春的提問。

前天愛理沙雖然是在說夢話，不過她確實說了「喜歡」由弦。

他們肯定是互相喜歡沒錯。

「嗯～」

「哦……」

聽了由弦的回答，亞夜香和千春……

「由弦弦你很見外耶！」

「我們畢竟是兒時玩伴，你也找我們商量一下嘛～」

亞夜香和千春賊笑著戳他。

擺明了就是很想戲弄他的樣子。

就是因為這樣由弦才沒告訴她們的。

「是從什麼時候開始的？那個生日禮物果然是要送小愛理沙的？你從那時候開始就喜歡上她了嗎？」

「還是去水上樂園那時候？你們有一起過聖誕節嗎？」

「夠了！別這樣啦！」

由弦硬是扒開了湊上來追問的亞夜香和千春。

然後嘆了一口氣。

「妳們啊……就是會像這樣跑來調侃我吧？唉……所以我才不想說。」

「嘴上這樣說，可是我不覺得你有打算隱瞞這件事耶？」

「你要是會害羞，要不要再稍微多注意一下旁人的眼光呀？」

「是是是……都是我的錯……」

由弦不太高興地回答後，兩人不禁苦笑。

「哎呀哎呀，別這樣鬧彆扭嘛。」

「你已經跟宗一郎同學和良善寺同學說過了嗎？」

「說了啊……再來就是，唉，既然都跟妳們說了，只瞞著凪梨同學也不好，所以妳們可以告訴她……不過就拜託妳們別再告訴其他人了。」

由弦這樣說完後，兩人都用力點頭。

「那當然。我們口風很緊的。」

「我們還是懂得分辨什麼事情能說，什麼事情不能說的。」

口風很緊……這點到底是真是假先不論，她們兩個確實從未背叛過由弦的信任。

所以這時候應該可以相信她們吧。

「既然這樣，你為什麼不向她告白啊？」

「是因為無法下定決心這種膽小沒用的理由嗎？還是你覺得你們實際上已經等於是情侶了，所以不告白也無所謂？」

由弦搖了搖頭。

「我有打算告白……在適合的時機，用適合的方法。妳看，之前愛理沙有說過吧……她喜歡羅曼蒂克的發展。」

我可不接受妳們說忘了這件事喔。

由弦對亞夜香和千春如是說。

畢竟他能知道愛理沙有這種想法，都是因為亞夜香在玩「國王遊戲」時下了奇怪的命令。

「原來如此，不愧是由弦弦……跟某人不一樣呢。」

「……」

「……」

一瞬間就察覺到她在說誰的由弦決定不發表任何意見。

而亞夜香可能也發現到氣氛變得有點尷尬，為了矇混帶過而繼續說了下去。

「那就表示沒什麼我們能幫上忙的事情嘍～」

「嗯……是啊。硬要說的話，要是妳們能告訴愛理沙……我沒有告白不是因為我對她沒有好感，或是優柔寡斷之類的就好了……我想她一定等得很心急吧。」

換成由弦站在愛理沙的立場，想必會很不安，不知道對方為什麼不向自己告白吧。她搞不好對此覺得很焦躁不滿。

由於由弦希望能由他主動告白，由愛理沙告白並非他所願。

而且他也不想讓愛理沙覺得他是個膽小沒用的男人。

「這個嘛，我會告訴她由弦同學是個該行動時就會行動的男人。」

千春這麼回答。

在那之後，從剛剛開始就在思考些什麼事的亞夜香開了口。

「我說啊，要是由弦弦跟小愛理沙成了情侶，你們在學校打算怎麼辦？」

「嗯？這……嗯，應該會像至今為止那樣不對外公開吧。再說愛理沙似乎也不想讓人知道這件事……」

愛理沙在校內的形象基本上沒有喜歡的人，對戀愛也沒興趣。

要是她不管這些外在形象，突然和由弦交往，應該會惹她的「朋友」們不高興吧。

愛理沙很怕發生這種事。

「可是啊，你們有出去約會的話，遲早會被人發現吧？」

「等到正式交往之後，也沒必要勉強去隱瞞你們的關係了吧？」

「不是……唉，是這樣沒錯。可是啊，我跟愛理沙之間至今為止明明就沒什麼交集，卻突然成了情侶，這實在是……」

這樣等於是在說愛理沙刻意隱瞞了兩人的關係。（雖然事實上她是刻意隱瞞了沒錯……）

這對外來說似乎不是什麼好事……至少對愛理沙來說是這樣。

「那只要不那麼突然就好了吧？由弦弦打算在什麼時候告白……老實說我大概猜到了啦，所以只要在那之前讓由弦弦跟小愛理沙在學校時變得更要好就好了啊。」

「妳說的沒錯啦……可是具體來說該怎麼做？畢竟……我至今為止和愛理沙都沒有一起行動過，一下子走得很近，果然還是太突然了吧？」

他們需要某個自然接近彼此的契機。

由弦這樣一說，亞夜香便笑容滿面地挺起她豐滿的胸膛。

「這就交給我吧！我有個好點子。」

「好點子？是怎樣的點子呀？」

「那就是……」

「原來如此！真不愧是亞夜香同學！」

亞夜香和千春把由弦晾在一邊，自顧自地講得很開心。

由弦身為當事人，實在不能不問問那個「好點子」到底是什麼。

「是怎樣的點子？」

「這個嘛……你明天就知道了。」

「交給我們，你儘管放心吧。」

兩位兒時玩伴自信滿滿地挺著她們以年齡來說格外豐滿的胸膛。

真的不要緊嗎……由弦心中湧上一抹不安。

隔天早上。

「早安，由弦同學。這個，請收下。」

「喔，愛理沙。早安……謝謝妳。」

愛理沙今天也為了送便當過來而來到了由弦的華廈。

由弦向愛理沙道謝，接過便當。

如果是平常，他會在這個時候連同對便當菜色的感想，把洗乾淨的便當盒拿給愛理沙。

不過……

「妳沒有勉強自己吧？就算妳今天也休息不做……這樣說也有點奇怪就是了。」

由於她的病才剛好，由弦昨天就要愛理沙別準備便當了。

所以今天由弦手上沒有要還給愛理沙的便當盒。

而愛理沙則是瞇細了眼，微微一笑。

「我沒事的。其實我連昨天都很想做……做便當給由弦同學這件事，我還滿樂在其中的喔？」

「……是嗎？嗯，既然如此，倒是沒問題啦。」

硬是拒絕、否定愛理沙的好意也很失禮。

由弦抱著這種想法，老實地不再去追究這件事……但在那之前，他還是說了一句。

「總之，我並不希望妳勉強自己。」

「嗯，我知道。我會在不勉強自己的範圍內去做……如果哪天覺得麻煩不想做，也會傳訊息跟你說的。」

愛理沙半開玩笑地這麼說。

由弦也忍不住笑了。

「……那我就先出發去學校了。」

愛理沙說完後轉過身去，有些依依不捨的樣子。

而由弦也和她有同樣的心情。

「那個，愛理沙。」

「什麼事？」

愛理沙停下腳步，轉過身來。

亞馬色的頭髮輕柔地飄動。

「……我們沒辦法一起去學校嗎？」

「早上和傍晚不一樣，不好避人耳目，所以……」

傍晚由於學生們放學後回家的時間不固定，被同班同學看到的可能性意外地低。

然而早上的上學時間很容易和其他人重疊（有需要參加社團晨練的學生例外），無論如何都會被人撞見。

「這樣啊……」

「嗯……對不起。」

「不，沒關係。我才是，抱歉問了妳這種奇怪的問題。」

由弦望著愛理沙離去的背影……

稍微有些期待起亞夜香和千春的「好點子」了。

然後到了這天的午休時間。

由弦從位子上起身，打算今天也和宗一郎跟聖他們一起吃午餐。

他走出教室，想跟他們碰頭時……

「由弦弦，今天讓我們也跟你們一起吃飯啦。」

亞夜香在教室前面對由弦這麼說。

接著在亞夜香的身後，千春朝著教室裡的人揮手……並開口說道。

「難得要一起吃飯，愛理沙同學也來吧？怎麼樣？」

※

聽到千春這句話時。

由弦心想著原來如此，理解了狀況。

亞夜香、千春、天香是愛理沙的朋友。

這裡所說的朋友，當然不只是實際上，同時也包含了旁人的認知。

在讀書會之後，她們四個人（雖然因為不同班，所以絕對說不上頻繁）就不時會一起吃午餐或是談天說笑。

其他同學也曾目擊過她們一起行動的樣子。

所以亞夜香或千春邀愛理沙一起吃飯並非什麼稀奇的事。

再來……亞夜香或千春邀由弦也不是什麼稀奇的事。

因為由弦和亞夜香她們交情很好同樣是眾所皆知的事實。

由弦和愛理沙以他們在學校的人際關係上來說並沒有交集。

然而有亞夜香她們從中牽線的話，就有明確的接點了。

在亞夜香的牽線下，兩人交情變好，受到彼此吸引。

這是非常自然的發展。

「……喔，好啊。」

從思緒的汪洋中浮上來的由弦對亞夜香這麼說。

然後把視線移到在自己身後的愛理沙身上。

「**雪城**妳呢？」

這個稱呼還真令人懷念啊。

由弦有些沉浸在懷舊的情緒裡，同時開口問愛理沙。

而在另一邊，被由弦這樣一問，愛理沙剛開始的表情像是愣住了。不過……

她馬上就回過神來，微微一笑。

「我也不介意一起去喔，**高瀨川同學**。」

她說出這稱呼的聲音，也讓人有些懷念。

他們選定吃午餐的地點是學校的食堂。

成員是亞夜香和千春、由弦和愛理沙，以及宗一郎、聖還有天香這幾個人。

不過……

「……我們這七個人是第一次在學校裡聚在一起吧。」

聖不禁小聲地脫口而出。

他們七個人自從讀書會後就沒聚在一起過了，這也是他們第一次在學校裡同時碰面。

「是啊。該說我總算在公開的意義上跟各位成為朋友了吧。」

做出這別有深意的發言的人是天香。

聖則是敏銳地聽見了天香的這番言論。

「妳這惡女……」

「哎呀，真失禮。會想接近亞夜香同學、高瀨川同學、佐竹同學……這是理所當然的事情吧？」

她光明正大地如此斷言。

這等於是公然宣言，天香會企圖認識由弦、亞夜香、宗一郎，是看上了他們的家世。

……不過這三個人倒沒有因為這種事情而受到打擊。

因為他們從一開始就知道天香的意圖了。

對凪梨家來說，要是能得到高瀨川家或橘家的保護……即使得不到，會想和這兩家攀上關係也是理所當然的。

他們本來就認為天香遲早會企圖接近他們，實際上她打算接近時，他們也只覺得果不其然是這樣。

所以對由弦和亞夜香而言，重要的是天香光明正大地公然說出這件事。

這就表示……

「接下來也請各位多多關照嘍。」

天香壞心眼地微微一笑。

然後稍微吐了下舌頭。

跟惡魔沒兩樣的女人。

這個對她的評價掠過由弦的腦海中。

她這是打算表示她和大家的交情，已經好到她可以老實招認自己是衝著家世才接近大家的這件事。

往後也請大家作為朋友，以及作為商務上的合作夥伴，和凪梨家好好相處。

由弦讀出了天香的言下之意。

他不禁苦笑。

這是不會讓對方留下不好的印象，非常高明的說法。

到這裡為止，對由弦來說還不是那麼令人吃驚的事。然而……

「有機會的話，還請務必讓我賣個人情喔？」

見天香對自己眨了個眼並微笑，由弦感覺到自己的心臟猛跳了一下。

天香的視線投注在由弦和愛理沙的便當上。

沒錯……兩人的便當內容完全一樣。

當然，由弦請愛理沙幫他做便當這件事，早就是在場的成員都知道的事實。

所以天香剛剛和他對上眼，又刻意看向由弦和愛理沙的便當，想表達的意思是……

要我陪你商量戀愛煩惱也行喔。

我會幫你加油的。

應該可以這樣解釋吧。

（啊……原來她跟聖是故意來這套的啊。）

然後由弦在此時發現，剛剛這一連串對話走向，是天香和聖兩個人刻意營造出來的。

……由弦很高興他們願意幫他加油，卻覺得自己似乎被他們戲弄了。

不對，應該說這之中肯定包含了戲弄他的意思在。

就這樣任人說話不還擊，不管是以高瀨川家還是以由弦本人的立場來說，都是無法接受的事。

「喔……那我就不客氣地拜託妳了。是說……凪梨同學也是，有事可以盡量找我幫忙。畢竟凪梨家身為良善寺家的盟友，就等於是高瀨川家的盟友啊。」

這番話乍看之下彷彿事不關己又不帶情緒，只注重於他們家族間的關係。

可是……在聖和天香交情很好的前提下，這番話便一轉成了調侃這兩人關係的話語。

而聖和天香似乎也確實地感受到由弦的言下之意。

兩人都露出了有些難以言喻的表情。

「這麼說來，良善寺同學和天香同學是什麼時候認識的啊？」

然後愛理沙便緊接著追擊，這樣問他們。

愛理沙絕非笨蛋……不如說她是個聰明的女孩。
她雖然不像由弦、亞夜香或天香那樣，受過某種「舌戰」的訓練，但還是可以發現對方在戲弄自己，也能夠做出反擊。
「嗯……唉，是在國中那時候吧。」
「是啊……雖然我們兩家本來就互有往來，不過是幾年前開始關係才變得更密切的。」
不是在問你們兩家，是在問你們兩個的關係。
就在由弦和愛理沙打算再如此追擊時。
「高瀨川家的盟友良善寺家，和上西家的盟友凪梨家更為親近是好事呢。這樣一來高瀨川家和上西家的關係改善的日子也不遠了吧？」
亞夜香突然說了這段話。
然後咧嘴一笑，在瞬間看了聖和天香一眼。
臉上彷彿寫著「這下你們欠我一個人情喔」。
「……關係改善？」
愛理沙的注意力自然被亞夜香發起的話題給吸引了過去。
對於她的疑問，亞夜香有些誇張地點了點頭。
「高瀨川家和上西家從以前關係就很不好。唉，雖然現在沒有那麼嚴重了啦……」
前前任的時候根本不交談。

前任則是只要碰面就會互相挑釁、嘲諷。

現任可以聊聊天氣。

然後下任當家則是朋友……雙方的關係大概改善到了這種程度。

「關係不好……是發生了什麼事嗎？」

面對愛理沙這個問題，由弦和千春面面相覷，然後聳了聳肩。

「好像是很久以前為了土地利權之類的事情起了爭執……」

「除此之外還有私怨、爭奪繼承權，算是這類事情不斷累積擴大後的結果吧。」

有至今仍對此耿耿於懷的「老一輩的親戚」在。

不過對於活在現在的由弦和千春來說，這些事跟他們沒什麼關係就是了。

「唉，雖然說交情變得不錯……但我沒有去小千春家玩過呢。」

「這麼說來你確實沒來過呢。先不提現任的當家，如果是由弦同學來，不管是我，還是媽媽或奶奶都不會介意的。你為什麼不肯來啊？」

「我聽說你們家以前的某任當家曾經對我們家下過詛咒耶。所以有長輩囑咐我別穿過上西家的鳥居……」

「啊……你是說有我們家某位祖先用咬舌的血寫下要詛咒你家一族相關人等直至末代的文章後死去的那件事吧？」

「……咦？」

千春的話讓愛理沙變得面色蒼白。

愛理沙很怕聊起這種跟鬼怪或恐怖題材有關的話題。

「那、那件事，是真的嗎……？」

「這我也無法證實……啊，不過文章有流傳下來喔！要看嗎？我有拍照……」

「不、不用，不用了……沒、沒關係。」

愛理沙面色蒼白地不停顫抖著，搖了搖頭。

然後一臉怕得要死的樣子，輕輕抓著由弦的袖子。

「……那邊那個人可是受詛咒的當事人喔，妳這樣做不會有事嗎？說不定會傳到妳身上喔？」

天香壞心眼地笑著說完後，愛理沙的身體嚇得抖了一下。

她不安地抬頭看向由弦。

「不、不會有事……吧？」

「嗯，我是沒有實際感受過詛咒的效果啦……」

不如詛咒所願，高瀨川家發展得相當繁盛。

大家生下來都很健康，也沒發生事業大失敗欠了一屁股債這種事。

「啊哈哈哈，詛咒什麼的是騙人的啦，騙人的。怎麼可能會有那種東西嘛？討厭啦～妳真是的。」

千春高聲大爆笑。

由弦當然也不相信什麼詛咒。說是這麼說……但要說他完全不在意那也是假的。

「啊，對了！難得有這機會，我們下次要不要一起玩百物語之類的遊戲？」

「……百物語是什麼遊戲？」

「準備一百支蠟燭，一百人輪流說個鬼故事並吹熄一根蠟燭，然後等最後一根蠟燭被吹熄時，將會發生什麼事情……大概是這樣的遊戲。」

由弦向愛理沙說明後，她的身體便微微顫抖。

「那、那是什麼啊？那種恐怖的儀式……」

「感覺很有趣對吧！其實我們家正好有個被說是『詛咒之房』的地方。在那裡玩一定會很好玩的！不過畢竟不可能湊到一百個人，所以就改成七物語……」

「我絕對不玩！」

愛理沙強烈地拒絕了千春的提議。

打死都不要。從話中可以感受到她堅定的意志。

「這世上又沒有鬼怪那種東西……哎呀，總之詛咒什麼的只是騙人的玩意兒，有機會的話……啊，對了！」

千春輕輕拍了一下手，然後壞心眼地看著由弦笑了笑。

「由於我們家也有在幫人祈求順產，請由弦同學帶著你未來的太太一起來吧。」

接著不是由弦，反倒是愛理沙的臉明顯地紅了起來。

「妳、妳在說什麼啊？順、順產這種事……這、這也未免太性急了……」

「哎呀呀？為什麼是愛理沙同學有反應啊～？」

「……！」

完全上鉤的愛理沙嘴巴一張一合地說不出話來……然後用求助的眼神看向由弦。

由弦則是搔搔臉頰，別開了視線。

※

「明天就是馬拉松大賽了呢。」

某天的回家路上。

在和愛理沙一起回家的路上，由弦對她這麼說。

沒錯，明天就是男生得參加十公里，女生得參加七公里長距離跑的日子。

而對於由弦來說……這也是他和宗一郎跟聖的「比賽」日。

「愛理沙妳……不太喜歡馬拉松嗎？」

「是啊……不，我是不討厭啦。」

被由弦這樣一問，愛理沙不禁苦笑。

雖然有人很擅長長距離跑，不過很少聽說有人喜歡長距離跑的。

由弦也是，要是可以不跑，他才不想跑。

愛理沙的想法似乎也跟他一樣。

「畢竟自己想要運動而跑，和基於學校的活動而被迫要跑……感覺果然還是不同呢。」

「是啊……至少希望學校能給點獎勵來慰勞我們的努力啊。」

此外，馬拉松大賽的那天只要上半天課。

所以要說是獎勵也算是獎勵。

不過……要說他在跑完十公里之後還會不會想出去玩，這就很難說了。

只想悠哉地待在家裡消除疲勞吧。

「……獎勵嗎？」

「怎麼了？」

愛理沙像是在思考著什麼的樣子。

她的臉頰……看起來稍微泛起了紅暈。

「那個……明天，等馬拉松大賽結束之後。」

「嗯。」

「我可以……去一下由弦同學住的地方嗎？」

「完全沒問題。反正我那天也沒有要打工。」

由弦當然非常歡迎她來。

不過……可以想見當天身體一定很疲勞無力，所以沒辦法做什麼劇烈的活動。

「是想說來玩個遊戲也好嗎？」

「那樣不就算不上是獎勵了嗎？」

「嗯，說得也是。」

那是他平常假日就會跟愛理沙一起做的事。

雖然他不排斥跟愛理沙玩遊戲，不如說還覺得很開心……但要說這能否提振十公里（或是七公里）長距離跑的士氣，實在不好說。

「那要做什麼？」

「這個，嗯……那個……」

愛理沙沉默了一下之後，小聲地說。

「像是按摩之類的？」

「……按摩？」

由弦反射性地反問她之後……愛理沙便滿臉通紅，開始拚命解釋。

「啊，不是……我、我沒什麼別的意思。你看嘛，之前……運動會時，你不是有幫我按摩過嗎？因為那樣按摩很舒服，我才……」

「啊……這麼說來我確實是做過。」

由弦想起了不久之前發生的事。
那時候的愛理沙……非常煽情。
又接連想起了各種危險事情的由弦，硬是從腦袋裡抹去了那些記憶。
「當、當然，我不會單是讓由弦同學幫我按摩的。我也……雖然不知道做得好不好，不過我也可以幫你搥搥肩膀……怎麼樣？」
「……這個嘛。」
去外面請人按摩，一個小時的收費就要上千圓。
這也就表示即使要付出那樣的金額，社會上仍有按摩的需求存在……簡單來說，按摩就是這麼舒服。
自己按摩跟給別人按摩，舒服的程度完全不同。
而且……
「嗯，好啊。畢竟按摩感覺很好玩。」
他可以合法地和愛理沙有肢體接觸。
由弦抱著這種想法回答道。
由弦也是個健康的高中男生，當然會想跟喜歡的女孩子有各種肢體接觸。
……當然揉胸部什麼的可不妙，他得自制。
「這樣啊……太好了。」

愛理沙則是有些放心了的樣子。

由弦不會讀心術，所以不清楚愛理沙的想法。不過……

（難道愛理沙也……）

有想要觸碰由弦，或是被由弦觸碰這種邪念嗎？

由弦忽然冒出了這種想法。

他雖然覺得愛理沙不會有這種念頭……可是由弦和愛理沙縱使沒有明確地向對方告白，也肯定是互相喜歡的吧。

所以愛理沙心中有類似由弦對愛理沙抱持的那種慾望，也不是什麼奇怪的事。

（在各方面都得小心點才行。）

可不能做出什麼不該做的事。

至少由弦必須把持住自己。

由弦用力握拳，作好了覺悟。

「啊，對了……我可以借用你家的浴室嗎？我會帶換洗衣物跟毛巾過去。」

在由弦作好了奇怪的覺悟後，愛理沙這麼問由弦。

仔細想想，跑完馬拉松之後一定滿身是汗。

在那之後互相幫對方按摩……

（……正合我意啊。）

從由弦的角度來看，與其說完全沒問題，不如說他根本非常歡迎愛理沙這麼做。

由弦心想著，要是愛理沙聽到他這麼說，應該會痛揍他一頓吧。

儘管如此，愛理沙一定不願意吧。

「喔，好啊……而且在按摩之前先泡澡，讓血液循環變好也比較好。」

由弦若無其事地說了很合理的話。

接著愛理沙……也覺得很有道理地點了點頭。

「說得也是……對了，加點入浴劑進去怎麼樣？我家裡有，你不嫌棄的話，我帶過去吧。」

「我沒有入浴劑呢。嗯，就拜託妳了。」

他不知道這種東西到底有沒有效……不過也沒特別討厭，如果愛理沙願意帶來，當然是比較好。

「那我再帶過去……我很期待喔。」

愛理沙微微笑著說道。

※

到了馬拉松大賽當天。

馬拉松大會不是從學校，而是以稍遠的田徑體育館作為起點。

接著沿著河邊跑，繞周遭一圈之後再回到田徑體育館。這就是這次的馬拉松路線。

一早，由弦就和愛理沙、宗一郎，還有亞夜香他們一起在體育館外圍的草皮上鋪了野餐墊，坐在那裡閒聊。

「好像是女生先跑，接著才是男生跑。」

用開朗的語氣這麼說的人是亞夜香。

因為她很擅長運動，馬拉松大賽對她來說不是那麼痛苦的事情吧。

「大賽中午前就會結束了，所以今天實際上只要上半天課耶！結束之後要不要去哪裡玩？」

千春也用開朗的語氣說道。

她也絕對不是那種沒有運動細胞的女孩子，所以也不覺得馬拉松大賽有多痛苦。

「妳們要玩隨妳們，但我可不去喔……讓我休息。」

宗一郎夾雜著嘆氣聲這麼說。

他被亞夜香和千春左右包夾，吵著要他一起去玩。

一部分的男生正用哀怨的眼神看著宗一郎。

不過身為她們兒時玩伴的由弦知道，要陪興奮好動的亞夜香和千春玩，也需要不少精神和體力。

所以他倒是沒那麼羨慕宗一郎。
不如說他還想對宗一郎說聲節哀順變。
不過這點先不論，他又再度體認到這個劈腿的傢伙果然是個渣男。
「畢竟七公里絕對是一段不短的距離，還是好好休息比較好吧？我想……學校就是基於這種想法，才會安排大家下午不用上課的。」
愛理沙苦笑著說道。
宗一郎也跟著說「妳們看，雪城同學也這麼說嘍」，責備亞夜香和千春。
「說到休息，愛理沙……妳的身體狀況還好嗎？」
由弦這麼問愛理沙。
從她的感冒痊癒之後已經過了超過一週了。
所以她的身體狀況絕對沒有問題。
儘管如此，要說她的體能狀態是否已經調整到能夠跑長距離跑的程度，這又另當別論了。
她的體力應該還是有稍微變差一點。
「嗯，沒問題……多虧由弦同學幫忙。」
愛理沙微微紅著臉這麼說。
而愛理沙的態度也讓由弦想起了自己去照料她時發生的事。

愛理沙雪白的背部……實在太誘人了。

「這、這樣啊……那就好。」

一股略微尷尬的氣氛流竄在由弦跟愛理沙之間。

啊，肯定發生了什麼事情吧……周遭的人都用溫暖的眼神注視著他們。

「比、比起我……應該要關心天……天香同學吧。妳還好嗎？」

愛理沙抓天香來當替死鬼，轉變了話題。

而被選為犧牲者的天香，臉色……實在說不上有多好。

「喂，妳沒事吧？」

「……以身體狀況上來說，嗯，是沒事。」

天香回答了聖的提問。

然後嘆了一口氣。

「不過以心情來說實在是糟透了……我有件事想拜託各位，可以嗎？」

由弦等人點頭後，天香繼續說下去。

「拜託你們……千萬別幫我加油。也不需要來迎接我還是幫我鼓掌。」

這麼說來，好像有幫墊底的人鼓掌的習慣喔。由弦心想著。

想到這裡，由弦便不禁疑惑起來，到底為什麼要那樣做呢？

由弦自己是沒有墊底過，不過他大概想像得到，墊底的人應該不會希望自己受到眾人注目。

既然由弦都想像得到了，其他一般人也想像得出來吧。

（……唉，應該是因為不幫跑最後的人加油，感覺很無情吧。）

覺得跑最後的人很可憐，默默地迎接對方到終點也有點尷尬。

所以才會拚命鼓掌吧。

先不管被迎接的人心情怎麼樣，至少迎接的人心情會比較好。

「要我用擴音器幫妳加油嗎？」

「可以啊，但我會詛咒你喔？」

天香瞪了開口調侃她的聖。

「是說由弦，你還記得我們約好的事吧？」

「可不准你說忘嘍？」

被宗一郎和聖這麼一問……是什麼事啊？由弦歪頭思考起來。

他是記得自己在馬拉松之後跟愛理沙約好了要幫彼此按摩……

卻不記得自己有向宗一郎和聖提過這件事。

他當然也不記得自己有和宗一郎或聖定下要幫彼此按摩這種噁心的約定。

「啊……要請客的事啊。」

不過由弦馬上就想起來了。

他們說好了在馬拉松大賽中跑最後的人，要請跑贏的兩個人吃飯。

「我當然記得啊。我很期待呢。」

由弦對自己的體力很有自信。

既然要比賽，他可沒打算認輸。

而且他想要贏了比賽，帶著愉悅清爽的心情和愛理沙共度下午的時光。

所以他一定要贏。

「哦……」

「你很敢說嘛？」

然而宗一郎和聖當然也沒打算認輸。

三人之間火花四散……看著他們，天香有些誇張地嘆了一口氣。

「真好呢，他們感覺很開心……沒什麼能讓跑馬拉松變得比較輕鬆的祕技嗎？」

千春回答了天香的怨言。

「我會吸、吸、吐～這樣呼吸喔？總覺得這樣做就會變得比較輕鬆一點。」

「……那個是生產時用的呼吸法吧？這樣做有用嗎？」

愛理沙有點懷疑拉梅茲呼吸法對耐力跑到底有沒有幫助。

千春則是聳聳肩回應愛理沙的疑惑。

「天曉得？不過既然生產會變得比較輕鬆，那要應付耐力跑也不成問題吧？」

「……我相信妳喔？千春同學。」

天香打算相信千春這隨意的發言。

由弦雖然覺得她別這麼做比較好……不過千春充滿自信地挺起她豐滿的胸部，然後豎起大拇指比了個讚。

「請妳就放心相信我吧。我可是巫女兼神明呢。」

「畢竟是與神佛並列的千春大神嘛～」

亞夜香放聲大笑地說道。

看來至少亞夜香沒有要相信「千春大神」所說的話。

就在他們聊著這些的當下，傳來了集合的通知。

接下來他們要按照班級集合，所有人一起做熱身操……然後男女分開，開始進行馬拉松大賽。

由弦和愛理沙兩人並肩朝著其他同班同學走去。

……由弦和愛理沙剛剛還跟亞夜香他們在一起，現在一起走去同班同學那裡集合也不會讓人覺得不自然。

不用說，其他同學也察覺到這兩個人的交情越來越好了……

而這對他們兩個來說正是重要的「事前準備」。

「……由弦同學。」

「怎麼了？」

「你還記得在這之後的事情吧？」

在這之後的事情。

也就是在馬拉松大賽結束後的事。

由弦重重點頭。

「當然……所以我們彼此都好好努力吧。」

「……好。」

兩人相視而笑。

※

馬拉松大賽是安排女生先開跑，過了一段時間後男生再開跑。

之所以會把開跑的時間稍微錯開，應該是想要避免人全都擠在一起吧。

因此在目送愛理沙她們起跑後又過了一陣子，才輪到由弦他們要跑。

男生們隨著起跑的信號一起跑了出去。

由弦也從和宗一郎他們並列的位置起跑了。

（……與其說一開始不會拉開差距，不如說大家都會配合旁人的腳步吧。）

一開始所有人聚成一團，腳步一致地向前跑是馬拉松大賽的慣例。

然後等到有人陸陸續續地加速脫離集團後……由弦便放心地脫離了集團。

等他意識到時，領先集團和後方集團間已經有了極大的落差。

「……」（好了，接下來該怎麼辦呢？）

跑在由弦前面的是宗一郎。

跑在他後面的則是聖。

宗一郎應該打算就這樣一路領先下去，不讓由弦和聖追過他；聖八成是企圖到了最後階段再加速，追過由弦和宗一郎吧。

而由弦當然沒要讓聖追過自己，並計劃找機會追過宗一郎。

由於現在還在前半段，他們還在觀察彼此的狀況，保持一定的距離。不過過了中段後，應該就會發展成心理戰了。

（嗯，現在就先維持這個距離好了。）

由弦決定以保留體力為優先。

也是因為由弦他們跑在比較接近領先集團的位置……

他們馬上就追到女生的後方集團了。

而在後方集團之中……有著天香的身影。

撇開這還只是前半段，她看起來已經跑得非常吃力了。

「妳沒事吧？」

「……呼，不要，呼，和我說話……」

從由弦身後傳來了這樣的對話聲。看來是聖開口向天香搭話。

不過天香根本沒有餘力回話。

在他們追過天香……來到接近中段的地方時。

已經通過折返點的女生領先集團正好跑在對向車道上。

而在領先集團中……可以看見亞夜香和千春的身影。

這兩個人的個性都不是那種會保留實力，或是觀察周遭狀況的類型，所以應該是從一開始就跑在最前面吧。

不過即使是她們兩個，看起來也跑得有點吃力。

兩人只跟由弦他們稍微對上眼便跑過去了。

在那之後又過了一段時間……

他們在前方看到了正打算彎過「女生」的折返點，女生的中間集團。

（啊……）

在那群人之中，有著寫有「雪城」這個姓氏的號碼布。

綁在腦後的美麗亞麻色頭髮搖晃著。

繞過當作折返點標誌而放在那裡的三角錐……愛理沙朝著由弦所在的方向跑來。

白色的肌膚泛紅，肌膚上冒出了汗水。
臉上的表情有些吃力。
……然後那豐滿的胸部微微晃動著。
從運動短褲下可以窺見她健康又白皙的長腿。
運動服也稍微被汗水濡濕了，可以微微看見透出的小可愛。
由弦既然用這麼熱情的視線看著變得有些性感的愛理沙……
就算是愛理沙也會注意到由弦的。
而她好像是誤會了什麼，微笑著看向了由弦。
（好可愛……）
他的體內……彷彿湧出了力量。
不過在此同時，他的心情也變得有些糾結起來。
（真不想讓其他男人看見她……）
這個像妖精一樣可愛又誘人的「婚約對象」是專屬於他的東西，他不想讓其他男人看見。
這種占有慾湧上了心頭。
（不，可是……我也有點想向眾人炫耀……）
但他同時也想要向大家炫耀自己的「婚約對象」。

對大家說我的「婚約對象」很可愛吧？怎麼樣？很羨慕吧？這種話。

（啊，不妙。）

想到這裡，由弦連忙用手遮住自己的嘴。

他在不知不覺間放鬆了臉上的肌肉，兀自竊笑。

邊跑邊竊笑的男生……就算說得再客氣，感覺還是很噁心吧。

他擺出認真的表情……然後抵達了「男生」的折返點。

既然女生和男生的出發地點是一樣的，折返點當然不會一樣。

由弦繞過三角錐……

然後他發現了，聖就跑在他旁邊。

聖追上來了。

由弦加快速度，不讓聖追過自己，同時想順勢追過宗一郎。

宗一郎和聖也加快了速度來對抗他的攻勢。

「……」

「……嘖。」

「……呼。」

三個人並列成一排，開始了無法分出勝負的反覆競爭。

（……這麼做真是失策啊。）

由弦終於發現了。
三個人互相競爭這種事，只會讓他們跑得更吃力而已。
隨便跑跑反而比較輕鬆。
說是這樣說，但他們現在可是賭上了一餐。
而且由弦必須送合適的禮物給愛理沙才行。
他沒有多餘的錢去請宗一郎和聖吃飯。
由弦專心地想著愛理沙，總之不管那麼多了，只顧著跑。
儘管如此，要是光靠毅力就能改變情勢，這世上就沒有體力這個概念了。
宗一郎、由弦、聖這三個人的運動神經都不錯……
不過其中還是宗一郎特別出色。
所以必然會演變成宗一郎稍微領先，由弦和聖跟在他後面的狀況。
（不、不妙……這下不妙啊。）
在由弦僅有些許差距的後方，聖緊緊地跟了上來。
看來聖打算採用到終點前再一口氣追過他們的戰術。
聖不斷地對宗一郎和由弦施壓。
有時候還會故意裝做要加速的樣子來干擾他們。
就在他們僵持不下之際，已經跑到了可以看見終點的地方。

先行抵達終點的學生們早已圍繞在終點附近看著他們。
由弦在人群中看到了兒時玩伴亞夜香和千春的身影。
已經跑完馬拉松，感覺輕鬆多了的兩人又叫又笑地朝他們揮手。
……接著宗一郎的速度便不可思議地變快了。真是個現實的男人。
可愛的心上人有沒有在幫我加油呢？由弦抱著這樣的想法在人群裡尋找著愛理沙。
只見她就站在亞夜香和千春的旁邊。
她的手貼放在胸前，看向由弦的方向。
愛理沙可愛的嘴唇微微動了動。
請你加油。
由弦聽到了。
正確來說……是他覺得愛理沙好像這樣幫他加油了。
（沒錯。我得為了愛理沙努力才行。）
由弦擠出了最後的幹勁。
聖也做了終點前的最後加速……但他不在意。
男人的事情怎樣都無所謂。
由弦的腦中只有愛理沙。
然後……

「我想久違地吃個鋁箔紙包漢堡排。」
「我吃什麼都可以。只要有人請客都好。」
在宗一郎和由弦討論著要去哪間家庭式餐廳時……
「……可惡，你們兩個，因為有女人幫你們加油，就卯起來跑……太卑鄙了……」
一旁的聖忿忿不平地抱怨著。

此外，天香最後伴隨著眾人盛大的掌聲抵達了終點。
因為太可憐了，大家決定別刻意去提起她的事。

※

「打擾了。」
「嗯，請進。」
馬拉松大賽結束後，由弦和愛理沙一起回到了由弦家。
另外，他們已經吃過便當來解決午餐了。
「累了呢。」

愛理沙坐在地毯上，低聲說道。

她伸出一雙長腿，全身無力地癱坐著。

說是這樣說，但她也只是擺出疲憊的「姿勢」而已，看起來不像真的累癱了的樣子。

「嗯……是啊。不該搞什麼比賽的。」

「最後的戰況很緊張呢。」

「是啊，要是沒有妳幫我加油，我搞不好就輸了。」

由弦這樣說完後，愛理沙睜大了眼睛。

然後開口問由弦。

「……你聽到了嗎？」

「要說的話，比較像是覺得妳好像有在幫我加油。」

他並沒有直接聽到愛理沙的聲音。

然而由弦憑直覺感覺得出愛理沙是在幫他加油。

愛理沙聽到由弦的回答後，有些害羞地搔了搔臉頰。

「這、這樣……啊。那個，其實我是想像亞夜香同學她們那樣大聲地，那個，幫你加油的，可是我有點不好意思，所以……」

「妳的心意有傳達給我了，所以沒關係啦。」

真要說起來，如果愛理沙大聲幫由弦加油，同班同學們就會發現由弦和愛理沙是交往中的情侶……正確來說是接近那樣的關係了吧。

這還有點太快了。

「好了……總之先去淋浴，然後泡澡吧？」

由弦這樣說完後，愛理沙點了點頭……然後稍微扯了一下自己的運動服，不悅地皺起了眉頭。

跑完後也過了一段時間，所以運動服應該已經乾了不少……不過依然是濕的吧。

「說得也是……誰先去洗？」

「妳先去吧。」

由弦是基於身為女孩子的愛理沙應該比他更想洗掉這一身汗水，而且應該也不想泡他這個男生泡過的熱水吧……這樣的考量才說的。

「那我就第一個進去泡了。」

愛理沙輕輕點頭後，走進了更衣室。

不過過了一會兒，她又從更衣室裡探出頭來。

「……怎麼了？」

「不可以偷看喔？」

愛理沙這麼說，臉上帶著惡作劇似的微笑。

「我不會偷看的。」

由弦立刻回答後，愛理沙可能是滿意了吧，立刻把頭縮了回去。

裡面很快就傳出了淋浴的聲音。

「……感覺靜不下來啊。」

這已經是愛理沙第二次在由弦的住處借用浴室了。

然而他卻莫名地靜不下心來。就在這時候，由弦發現了。

愛理沙沒有拿換洗衣物也沒有拿毛巾，就跑進浴室裡。

這樣她別說不能換衣服，連要擦乾濕淋淋的身體都不行吧。

沒辦法，由弦只好拿著愛理沙的包包走向浴室。

浴室的門是毛玻璃，所以看不見裡面……不過可以稍微看見一些膚色。

由弦不禁屏息。

（……我、我也不是要做什麼會愧對良心的事。）

由弦一邊讓自己的心情平靜下來，一邊敲了敲門。

「喂～愛理沙。」

「咦？由、由弦同學？不、不是，我剛剛是開玩笑的，那個，你居然真的跑來偷看……我、我還沒作好心理準備……」

「妳在說什麼啊……」

由弦用沉穩的聲音對在毛玻璃的另一邊驚慌失措地慘叫著的愛理沙這麼說。

他說完之後，愛理沙似乎也冷靜下來了。
裡頭傳來了愛理沙刻意地咳了兩下的聲音。
「咳咳，呃……什麼事？你打算進來偷窺的話，我會用水潑你就是了。」
她以略顯冷淡的聲調如此表示。
語氣乍聽之下很冷靜沉穩，同時有些防備著由弦。
……然而只有由弦覺得她好像在掩飾些什麼嗎？
「妳忘記拿換洗衣物跟毛巾了吧？」
聽由弦這樣一說，浴室那邊便傳出了恍然大悟的聲音。
「啊～對喔。你可以幫我拿過來嗎？」
「我把妳的包包拿過來了，應該都放在這裡面吧？要怎麼辦？我該幫妳拿出來嗎？」
他不知道愛理沙帶了哪些換洗衣物。
不過要是她連換洗用的內衣褲都帶來了……這被男生看見，她應該會覺得很丟臉吧。
所以由弦保險起見，還是先這樣問了愛理沙。
「不用，直接幫我放在外面就好了。」
愛理沙回答完之後，又補上了一句。
「……我裡面也放了換洗用的內衣褲，所以請你不要打開來看。」
為什麼要特地補上這句話啊？

由弦不是很能理解愛理沙的想法。
她不知道講了這種話反而會更讓人在意嗎？
還是說……
「妳這是故意希望我打開來看嗎？」
由弦試著半開玩笑地這麼說。然後……
「你、你、你在說什麼啊！當、當然不是啊！由、由弦同學你真是的……」
裡頭傳來了愛理沙感覺失去平靜，有些慌張的聲音。
既然她做出了這種反應，由弦想她應該是真的沒有那個意思吧。
「我開玩笑的啦，開玩笑。」
「請、請你別開這種無聊的玩笑！」
被她罵了。
由弦聳聳肩，打算走出更衣室……這時他忽然發現。
地上有愛理沙脫下的衣服。
不知道她是急急忙忙地想進去洗澡，還是在別人看不見的地方做事意外地隨便。
衣服有些雜亂地散落在地。
上下半身的運動外套及運動褲、汗濕的短袖運動服。
內褲、內衣，以及小可愛成套地放在那裡。

「……冷靜點。冷靜點啊，我。」

喜歡的女生脫下的衣服。

要說他沒興趣那肯定是在說謊；要問他有沒有湧出邪念的話，那當然是有。

「摺、摺起來比較……」

由弦下意識地把手伸向愛理沙脫下的衣物……在快碰到時停了下來。

如果碰了她換下來的衣服，她一定會覺得很不舒服吧。

儘管她或許不會因此討厭由弦，可是冒著無謂的風險，導致愛理沙對他的好感度下降也不好。

「……不，可是，只要不被她發現……」

由弦彷彿聽到了惡魔的呢喃聲。不過他還是想辦法甩開了這個念頭。

「我、我就裝作沒看見吧。」

雖然捨不得，由弦依舊離開了更衣室。

※

「呼啊……」

愛理沙發出了不像少女會有的嘆息聲，浸泡在熱水裡。

她用力地伸展手腳。

具有恢復疲勞效果的入浴劑……她不清楚這是不是入浴劑的效果造成的，不過她感受到了彷彿從身體上拔除疲勞般的快感。

然後她愣愣地望著浴室的牆壁，低聲說道。

「真是的，都怪由弦同學開了那種奇怪的玩笑……」

愛理沙想起由弦開的玩笑，獨自氣憤著。

開玩笑……這就表示他還有餘力說笑。

女孩子明明就在只隔著一片玻璃——雖然說是看不見對方的毛玻璃——的地方淋浴。他明明應該可以看見膚色的輪廓的。

包包裡明明就放了那個女孩子的衣服。

儘管如此，他還是有餘力開玩笑。

（真要說起來，我說不要偷看我洗澡的時候，他那麼平淡地立刻回答說他不會偷看，豈不是有點失禮嗎……？）

對愛理沙來說，她那算是在對由弦做某種惡作劇。

聽到自己說了「你不要偷看喔？」之後，由弦會急忙說「我、我怎麼可能會偷看妳啊！」表現出內心動搖的樣子……她原本是這樣想的。

由弦卻馬上回了「我不會偷看的」。

「而且說我故、故意是怎樣啊，什麼故意……簡直把我說得像是想給人看自己的內衣褲、讓人偷窺我洗澡的……變態還是什麼的嘛，太失禮了。哼……」

愛理沙也不是想讓由弦看自己的內衣褲，或是要他來偷窺自己洗澡。

因為那樣太不好意思了。

她只是……想看到由弦動搖的樣子。

她明明是想稍微調侃一下由弦的，卻完全不被當成一回事，甚至還反過來調侃她。

很不能接受這件事的愛理沙一個人在那邊碎碎念，生悶氣。

「我覺得自己應該算有魅力的啊……」

愛理沙知道自己的身體對男性來說很有吸引力。

而由弦……應該也覺得她很有魅力才對，她是這樣想的。

所以透過互相幫對方「按摩」，讓彼此間有肢體接觸的話，由弦一定會更強烈地渴望得到愛理沙……這是愛理沙的作戰計畫。

至少應該會變得更在意她吧。

……當然，愛理沙並非期待發生什麼「不該做的事」。

應該說，由弦多半不會做出撲倒愛理沙那樣的事情吧……至少她是這樣認為的。

現在回想起來，愛理沙有好幾次都毫無防備，可是由弦都沒有做出那種打算對她出手的事。

所以這次他也不會那麼做吧……愛理沙相信他。

「唉……其實我……也不是完全不能接受……」

說得好聽點是想催促一直不向她告白的由弦，但實際上在做的事情跟誘惑他沒兩樣。

既然如此，就算真的被由弦這樣那樣也是無可奈何的事。

當然愛理沙並非希望被他怎樣，也絕對沒有期待發生那樣的事。

她完全、徹底、絲毫、連一丁點都沒有那種期望對方霸王硬上弓的變態性癖好。

她只是覺得如果對象是他……如果是喜歡的人硬要和她發生親密接觸，那也沒辦法。

「我只是希望他能早點告訴我他的心意，想要把現在還飄搖不定的立場給確定下來而已。才、才不是……期待由弦同學變成大野狼，也不是在引誘他。只、只是……抱持著如果到時候真的發生什麼事也沒辦法，願意原諒由弦同學的寬大心胸而已，所以……」

她只是對那種行為作好了心理準備，並非期待發生那種事。

愛理沙絕非什麼悶騷的女孩。

「真、真要說起來，我們甚至還沒有接吻過……」

愛理沙把整個紅起來的臉泡入水中。

光是想像，身體就變得好熱，害羞到了極點。

覺得胸口好難受，背脊有股搔癢難耐的感覺，下腹部也縮緊了起來。

「我、我果然還是沒辦法……太、太害羞了……」

明明沒有說話的對象，愛理沙依舊低聲說出了這句話。

然後站了起來。

「……就泡到這裡吧。」

整個人都泡得紅通通的愛理沙走出浴室，看到自己脫下來散落在更衣室裡的衣服，臉又紅了起來。

「……有點搞砸了啊。」

愛理沙雖然曾經囉唆地叨唸了由弦髒亂的房間，但是她自己實際上也不是個能用一絲不苟來形容的人。

不如說她都覺得自己多少有些做事馬馬虎虎的地方。

所以她才會平常就特別留意這些事……

然而她太在意接下來就要「按摩」這件事，沒把心思放在脫下來的衣服上。

也因為覺得由弦不會進更衣室而輕忽大意了。

「果、果然被他看到了吧……」

這再怎麼說都會進入他的視線範圍內吧。

由弦看到愛理沙脫下來散落一地的衣服，會怎麼想呢？

應該不會覺得她是個粗俗的女人吧……她開始擔心起來。

「可、可是由弦同學也不是那種有資格說別人的人……」

由弦不會因為這種程度的事就討厭她吧。

她雖然得出了這個結論，但腦中馬上又冒出了新的擔憂。

「由、由弦同學該不會……對我的衣服做了什麼奇怪的事情吧？」

衣服的位置好像變得不太一樣……她也不是完全沒有這種感覺。

不，這多半是她多心了吧，但確實是有這個可能。

愛理沙一邊想著這種事，一邊摺好仍有些汗濕的衣服，換上乾淨的衣服後走出了更衣室。

「……由弦同學，我洗好了。」

換好衣服的愛理沙出聲叫了坐在沙發上玩手機的由弦。

由弦聽到後往這裡看了過來……稍微別開了目光。

「妳這身打扮感覺很清涼耶……」

「因為要按摩，我想穿這樣應該比較方便……我有另外帶冬天的衣服過來。」

愛理沙把手按在自己的胸前這麼說。

愛理沙身上穿的是她帶來當換洗衣物的薄短袖T恤和短褲。

既然要按摩，穿布料比較輕薄，就算弄皺了也不要緊的衣服比較好吧。

「……這樣啊。」

愛理沙感覺到由弦的視線……看向了自己的胸部。

不僅胸部，由弦的視線也投注在她從長度偏短的短褲下伸出的雙腿。

……她不是刻意這樣穿的。

她沒有特別記住以前運動會時，由弦不時會用熱情的眼神看向穿著運動服的她的特定部位的事。

也不是刻意穿會突顯身體曲線的T恤，以及盡可能地露出雙腿的褲子。

她知道自己的胸部對男性來說很有吸引力，也知道自己的腿可以算是所謂的「美腿」，不過事實上她並非故意選擇可以強調出這些部位的衣服。

真的只是巧合。

被由弦用那種眼光注視，她也只覺得害羞……完全沒有高興之類的情緒。

「……那我也換件薄T恤好了。」

由弦低聲說了這種話。

沒錯，誠如由弦所認同的，既然要按摩，穿輕薄的衣服是極為合理的判斷。

所以由弦對穿成這樣的愛理沙產生欲望，那是因為高瀨川由弦真的是個令人頭痛的變態……

絕對不是愛理沙有哪裡奇怪。

愛理沙非常正常，一點都不奇怪，絕對不是像由弦那樣的變態。

愛理沙這樣告訴自己。

「是、是說……由弦同學。」
「怎麼了？」
「那個，剛剛給你添麻煩了……對不起。」
所謂的剛剛是指由弦幫她拿了裝有換洗衣物和毛巾的包包進去的事。
「啊……喔，不用介意啦。」
「那個……你沒有看我包包裡的東西吧？」
「我沒看喔。」
「這樣啊。」
聽他馬上就回答沒看，讓愛理沙的心情有點複雜。
當然，要是他說「我看嘍」，她也很困擾就是了。
「是說，那個……包包先不論，呃，你看到那個了……對吧？」
「……那個？」
「那、那個就是那個啊……你看嘛，就是那個，脫下來的衣服……給你看到了不像樣的東西……」
「啊……不，嗯，每個人都會這樣的啦。」
聽了愛理沙的話，由弦的視線稍微看向了斜上方，邊搔著腦袋邊回答。
這不過是些微的小動作，不過愛理沙的雷達接收到了這微弱的反應。

不管愛理沙說什麼都未曾動搖的由弦，稍微表現出了緊張的樣子。

「……你沒做什麼吧？」

「這還用說，我連一根手指都沒碰。」

他用格外強烈的語氣斬釘截鐵地說道。

愛理沙不知道他這話是真是假，因為就算他真的做了什麼，也不可能會傻傻地全盤托出，說「我做了這個跟那個」之類的話。

「……真的嗎？」

「真的、真的。」

「……」

聽他說什麼都沒做，稍微安心了的心情。

以及懷疑他真的什麼都沒做嗎？的心情。

還有……

「你、你說什麼都沒做，這、這樣不也有點失禮嗎……？」

「……那我應該做點什麼比較好嗎？」

愛理沙不禁語塞。

「咦？啊，不……我、我開玩笑的啦！是開玩笑的！做、做點什麼這種事……當、當然不行啊！要、要是你做了，我真的會生氣的喔！」

「這、這樣啊……」

尷尬的時間就這樣在兩人之間流逝而過。

在那之後由弦像是要改變話題，也是像是逃離現場地走向了更衣室。

「那我進去洗了。」

「嗯，你去吧。」

更衣室的門關上了。

愛理沙的心跳得有點快，坐進了剛剛由弦還坐在上頭的沙發上。

可是她不管怎樣都無法讓心情平靜下來。

「他、他果然做、做了什麼吧？不、不可能……什麼都沒做吧？說、說得也是。畢竟由弦同學也是健康的男生……嗯，他不可能什麼都沒做。受不了，由弦同學很壞耶。真的是……」

愛理沙嘴裡唸著這些話，下意識地走向更衣室。

「……只、只有我被他看到，這樣很不、不公平吧。」

她像是在為自己找理由似的說完後……輕輕打開了門。

由弦好像正在淋浴，從浴室裡面傳來了水聲。

至少他沒有注意到她進來了。

「……」

更衣室裡有由弦脫下後隨意丟著的運動服。
內褲也掉在那裡。
「……這不是我的錯，是把衣服亂丟在這裡的由弦同學不好。」
真要說起來，是由弦先看到愛理沙脫下後散落在地的運動服的。
……雖然這是愛理沙不該脫完隨便亂放，不過在她的心中，由弦徹底成了壞人。
沒錯，是由弦先做壞事的。
既然這樣，她當然有權利回敬由弦。
愛理沙一個人像是要找藉口來向某人解釋一樣，開始用理論來武裝自己。
「由弦同學……大概是那種聞了味道會興奮的人吧。他偶爾會企圖要聞我的味道。真的……很變態耶。那種人居然是我的婚約對象，太扯了吧。真的是……不懂我為什麼會喜歡他……不過就算是這樣的變態，畢竟也還是我的婚約對象。」
她必須去理解由弦才行。
沒錯，這是她為了藉由跟由弦做一樣的事去理解他的心情，才會採取的行動。
愛理沙邊在心裡找著這些藉口，邊用指尖像是在拿起什麼骯髒的東西——沒錯，這對愛理沙來說是骯髒的東西，她絕對不是自己喜歡才這樣做的，是無可奈何、逼不得已才碰的——拎起了由弦的運動服。
運動服濕濕的，沾滿了汗水。

「……」

愛理沙緊張地屏住了氣。

莫非自己現在正打算做出什麼不得了的事？

自己現在是不是正打算踏入身為一個人、身為一個女孩子不該踏宿的領域啊？

儘管這些懸念掠過愛理沙的腦海中……

她還是無視了這一切，把鼻尖湊近由弦的運動服。

然後深深吸了一口氣。

「唉……我到底在做什麼啊……」

在那之後。

愛理沙無力地癱坐在沙發上，陷入了自我厭惡的情緒中。

※

「讓妳等很久了嗎？愛理沙。」

「沒、沒有……沒關係。」

坐在沙發上的愛理沙這麼說，迎接剛洗好澡出來的由弦。

她不知道為什麼一副坐立不安的樣子，也不敢對上由弦的視線。

不知道是因為剛洗過澡，還是因為別的理由……愛理沙的肌膚上看起來泛著薔薇色的紅暈。

「……怎麼了嗎？」

「不，沒有，沒事。」

面對愛理沙的質問，由弦有些支支吾吾地回答道。

這是因為在由弦的眼中，愛理沙的身影看起來非常誘人。

她露出了大片的肌膚。

當然愛理沙也不是穿著比基尼，單純只是穿著白色的短袖T恤和短褲，所以是很正常的「家居服」，不過……

由於最近都穿著容易遮住肌膚和身體曲線的冬裝，現在的打扮便相對地帶來了更強烈的刺激感。

要說這裸露的程度跟運動服一樣倒也沒錯，可是在參加馬拉松大賽時，除了跑步期間，她上下半身都穿著運動外套和長褲。

雖然跑步時他有看到愛理沙的胸部稍微晃動的樣子，卻沒能仔細地觀察她的肢體。

而現在愛理沙身上穿的衣服……比運動服還要薄。

運動服畢竟是運動時穿著的服裝，布料很紮實，但愛理沙現在身上穿的衣服恐怕是拿來當成家居服或睡衣，非常「輕便」的服裝。

所以布料很薄，清楚地勾勒出愛理沙的身體線條。

不僅如此，甚至會透出她裡面穿的白色小可愛。

她身上的短褲是黑色的，所以不會透出裡頭穿著的內褲，卻也讓愛理沙白皙的肌膚顯得更為耀眼。

最重要的是，跟平常時尚的打扮不同，她這輕便又充滿居家生活感……說白了就是「毫無防備」的樣貌，激起了由弦的情慾。

（……她是故意的嗎？）

來幫彼此按摩吧！

說這種話然後跑來男生的住處，還做這種打扮，一般來說都只會覺得她是故意這麼做的，而且會覺得她是在誘惑自己。

然而愛理沙同時也有些天生就傻傻的特質在，所以不能否認她有可能真的不是故意

「那個，由弦同學？你這樣一直盯著我看，我……」

「啊，喔……對不起。」

看來他好像一直在上下打量愛理沙。

由弦向害羞且不自在地扭動著身體的愛理沙簡單道歉後，別開了視線。

（如果真的是想誘惑我，這個害羞的方式感覺不太對啊……）

她現在表現害羞的方式與其說是在誘惑男人，不如說是會讓男人產生罪惡感，那種感覺

很可憐的方式。

宛如一碰就會壞的玻璃藝術品。

確實非常可愛，可是真要實際出手時，反而會讓人猶豫不決。

（……感覺她是故意做這種打扮，不過真的到我面前時又忽然害羞起來，後悔了吧？）

由弦總覺得這是正確答案。

這確實像是腦筋很好，有些地方卻很脫線的愛理沙會做出的事情。

不過如果愛理沙是笨蛋處女，由弦也是個笨蛋處男，所以沒人知道事實真相如何就是了。

「我們要怎麼按摩？」

因為氣氛變得有點尷尬，由弦便這麼說，企圖轉移注意力。

接著愛理沙便伸出了拳頭。

「猜拳吧。贏的人可以先接受另一個人的按摩。」

「好啊。」

猜拳的結果，贏的人是愛理沙。

「那我就不客氣了……」

愛理沙說完後，便趴在由弦的床上。

只見愛理沙纖細的背部隔著輕薄的T恤，展現在由弦眼前。

（……冷靜想想，還真是搞不太清楚現在這是什麼狀況。）

不過由弦和愛理沙的關係處在曖昧不清的狀況下也不是這一天兩天的事了。

客觀來看他們是情侶吧。

同時也是彼此的婚約對象。

況且應該是兩情相悅。

卻又沒有把自己的心意告訴對方。

「那我要按嘍。」

由弦說完之後，把手放到了愛理沙的肩膀上。

光是稍微碰一下，就知道她的肩膀非常僵硬。

胸前帶著沉重的負擔跑了那麼久，果然會讓肩膀的肌肉變得很緊繃吧。

「啊……」

他以拇指稍微用力按壓，愛理沙便發出了微弱的呻吟聲。

與其說痛，不如說她只是反射性地叫了出來吧。

「這樣的力道還可以嗎？」

「嗯……拜託你再用力一點……」

聽她這麼說，由弦便把自己的體重也加上去，按壓著愛理沙的肩膀和背部。

雖然他施加了不小的力道上去，不過對僵硬的肌肉來說似乎是恰到好處。

「嗯，啊……嗯！」

「……」

還是老樣子，不知道她這是真的還是故意的。

由弦每次按壓，愛理沙就會發出煽情的呻吟。

（這不是什麼重要的事……不過愛理沙的胸部現在是處在什麼狀況下啊……我是覺得應該壓扁了。她這樣不會痛嗎？）

由弦的理性正逐漸溶解，開始想起了這種不重要的事情。

儘管如此，現在還是要努力把持住。

若是理性的堡壘在這時被攻陷，他未來的種種計畫就泡湯了。

「怎麼樣？愛理沙。」

「嗯……很舒服……」

愛理沙用陶醉的語氣回答道。

看來她真的覺得很舒服。

……她恐怕不是故意發出那些呻吟聲的吧。

（真希望她不要在刻意為之的部分裡面混入自然的反應啊……）

不過就連她這種地方都覺得可愛，也是我愛到盲目了吧。

由弦在腦中沉迷於心上人的可愛之處，同時拉起了愛理沙的右手臂。

他使勁拉著愛理沙的手臂，用手掌按壓她的背部右側。
「啊……這個，我喜歡……」
由弦的心臟瞬間猛跳了一下。
「……妳中意那真是太好了。」
不要隨便說喜歡啦。
由弦邊這麼想邊拉起她另一隻手臂，按壓她另一側的背部。
「這裡也很僵硬耶。」
「嗯……是嗎？」
由弦幫她按摩的位置漸漸往下移動。
他用手指按壓著愛理沙的腰……同時稍微往下看。
在那裡的是以年齡來說意外豐滿的……愛理沙的臀部。
大概是因為穿著輕薄的短褲，明顯地描繪出臀部的形狀。
仔細看的話，裡頭穿的內褲似乎也若隱若現。
（……屁股意外地是個好東西呢。）
說不定他比起胸部更喜歡屁股。
儘管由弦想著這種事情……但碰女孩子的屁股感覺好像太超過了，他決定跳過這部位。
所以接下來是腿。

「我要按腿嘍。」
由弦一邊將視線投向愛理沙白皙纖長的美腿，一邊說著。
白皙得給人晶瑩剔透的感覺，而且看起來非常柔軟。
「好……啊！」
在碰到愛理沙大腿根部的瞬間。
愛理沙的身體猛然一震。
「……很痛嗎？」
「不，只是有點癢癢的，沒事。」
愛理沙感覺似乎沒問題，由弦便繼續按摩下去了。
可是該說摸了才知道嗎……
感覺非常柔軟的脂肪下，有著結實的肌肉。
在肌肉的基礎上，薄薄地覆上了一層柔軟的脂肪。
這就是愛理沙的美腿隱藏的祕密吧，由弦理解了這無關緊要的事情。
因為愛理沙的腿就是如此地美麗且誘人，到了他不去思考這些無關緊要的事，理性就會消失的程度。
（雖然我覺得屁股也很棒，不過腿也很棒呢……難分軒輊啊。）
我沒辦法從胸部、屁股、腿當中選出一個來！

由弦腦中帶著這種有如花心男的念頭，按上了愛理沙的小腿肚。

她的小腿或許是因為疲勞吧，感覺有些水腫。

「嗯……這樣很舒服……」

「妳等下也要幫我按喔？」

「好……」

愛理沙有些愛睏地說道。

然而要是她現在睡著了，由弦就得不到愛理沙的按摩。

那樣一來他就有點傷腦筋了，於是由弦便改去按摩愛理沙的腳底。

他用彎起的食指關節用力地按壓愛理沙的足弓處。

接著……

「唔！」

她發出了可愛的慘叫聲。

看來是有點痛。

「愛理沙，妳沒事吧？」

「嗯、嗯，我沒事……唔……」

由弦每按一下愛理沙的腳底，她的身體便會微微顫抖一下。

她的雙手緊緊地握著床單。

看她這個樣子，由弦也有點同情她。
「妳會痛的話我是可以不按啦……」
「這、這點程度，不要緊。繼續……咿！」
愛理沙的口中溢出悲鳴。
雖然這麼說，但她都說不要緊了，那就表示不要緊吧。
由弦相信愛理沙的話，繼續用力地幫愛理沙做著腳底按摩。
看著愛理沙的身體在按壓時會隨之顫抖的樣子……有點有趣。
再一下、再一下……愛理沙的反應刺激著他的嗜虐心。
「哈啊……由弦同學。」
「怎麼了？」
「……你等下給我記住了。」
愛理沙怒瞪著由弦。
稍微生氣的表情也很可愛。由弦暗自在心裡為之著迷。

※

好了，到了該換人的時候。

接下來該愛理沙幫由弦按摩了。

「……那我要按嘍。」

愛理沙說著便把手放到了由弦的肩上。

用力地用拇指按壓著由弦的肌肉。

「力道怎麼樣？」

「這樣感覺剛剛好……」（啊……這或許不錯耶。）

由弦本來只對按摩愛理沙的身體有興趣，對於自己要給人按摩倒不是那麼有興趣，不過愛理沙的按摩比他想像中的還要舒服。

他的肌肉或許也意外地在本人沒意識到的情況下變得很僵硬了吧。

「你睡著也沒關係喔？」

「嗯……」

不過由弦很在意坐在他背上的愛理沙的臀部，所以不到能夠睡著的地步。

（愛理沙意外地大呢……）

由弦想起剛剛在按摩時看見的愛理沙的屁股。

愛理沙拚命地按著由弦的背部，每當她使勁挪動身體時，愛理沙的屁股就會在由弦的背上移動。

「接下來要按腿嘍。」

「好，我知道了。」
愛理沙的身體離開了由弦身上。
讓由弦覺得有些遺憾。
「果然很緊繃呢。」
愛理沙邊說邊按摩著由弦的大腿。
接下來再繼續往下按摩他的小腿。
因為長距離跑的影響而有些水腫的腿被人按摩，感覺真的非常舒服。
然後……
「好痛！」
由弦的腿忍不住抽動了一下。
腳底被按壓的瞬間傳來了一股刺痛感。
接著由弦立刻回過神來。
「對不起，愛理沙……妳沒受傷吧？」
「不，我沒事。我才該道歉。很痛嗎？」
「呃，還好……」
老實說很痛。
不過……既然腳底穴道按了會痛，就表示他的身體狀況不佳……可能是這樣吧。

「繼續按吧。」
「我知道了……我會盡量溫柔一點的。」
愛理沙這次用比剛才更輕的力道按了由弦的腳底。
果然還是有點痛。
不過即使痛……也還勉強可以算在舒服的痛的範圍內。
「唔……」
「你還好吧？」
「還、還好，妳繼續……啊唔……」
嘴上問你還好吧，下手卻毫不留情。
由弦邊呻吟邊問愛理沙。
「……妳還在記恨剛剛的事嗎？」
「怎麼會呢？我只是想要用按摩來回報由弦同學而已。」
那就表示妳還在記恨嘛……儘管這麼想，由弦依舊繼續讓愛理沙幫自己按摩。
畢竟這種程度的反擊根本不算什麼，而且事實上痛歸痛，卻也讓他覺得很舒服。
而另一方面，愛理沙則是……
「這附近怎麼樣？」
可能是按得有些開心起來了吧，她微微帶著笑意，像是在找由弦「會痛的地方」，用手指按壓著由弦的腳底。

她每次按下去，由弦的身體就會跟著抖一下。

「啊唔……力、力道再輕一點……」

「嘿！」

「等、等一下！愛理沙小姐！」

看由弦痛苦地扭動身體，愛理沙開心地笑了。

也因為她好像很開心的樣子，由弦說不出叫她住手別按了這種話。

這次按摩也讓由弦想順便在網路上買個腳底按摩機了。

在那之後過了一小段時間……

「……？」

由弦忽然從淺眠中醒了過來。

他只稍微睜開了眼，腦袋還不是很清楚。

（我記得我在讓愛理沙幫我按摩……）

看來他在按摩途中睡著了。

由弦睜著惺忪的睡眼，打了個哈欠準備站起來之際……

發現有人拉住了自己的衣服。

「……啊。」

是有著美麗亞麻色頭髮的少女。

她用可愛的睡臉發出規律的呼吸聲，一隻手緊緊抓著由弦的衣服。

由弦不禁屏息。

（……好想跟她結婚。）

這是個多麼可愛的女孩啊。

由弦這麼想著。

像是天使或妖精……那樣惹人憐愛的感覺。

由弦幾乎是下意識地把手伸向愛理沙的頭。

然後輕輕地撫摸著她漂亮的頭髮。

散發優美光澤的亞麻色頭髮非常美麗，且輕柔飄逸。

他稍微試著把臉湊近，頭髮上傳來一股淡淡的，女孩子特有的洗髮精香氣。

接著他又試著用手指輕輕戳了戳愛理沙的臉頰。

手指陷入了她柔軟有彈性的雪白肌膚中。

由弦判斷不出她是有處理過，還是本來就長得少……不過她的臉上沒長什麼細毛。

是連一點斑紋都沒有，非常滑順的肌膚。

由弦心想，所謂的水煮蛋肌就是在形容這種肌膚吧。

「嗯……」

相對地，愛理沙則依然帶著笑意，用一臉幸福、無憂無慮的表情熟睡著。

完全沒有要醒來的感覺。

既然這樣……會想再做點更大膽的事情，也是人之常情。

「……」

由弦的視線自然地……移到了愛理沙的胸部，那撐起了薄薄T恤的脂肪團塊上。

那是他平常會刻意避免——雖然是按照由弦本人的標準來看——納入視線範圍內，愛理沙極為誘人的部位。

他仔細地觀察著那裡。

（這樣一看，真的是……）

很大耶。由弦又在內心裡低聲說了這不知道已經說過幾次的感想。

由弦的心底深處湧出了想要摸摸看的欲望……他下意識地伸出手。

可是自己不能玷汙如此純潔神聖之物的道德觀念，讓他在即將碰到之際忍了下來。

接著，由弦觀察了一下愛理沙的表情。

完全沒有要醒來的樣子……發出了睡得香甜的規律呼吸聲。

「真漂亮。」

看著愛理沙的表情。

由弦不禁低語。

由弦輕輕地撥開垂落在她臉上的頭髮。

然後……用手指碰了她豐潤誘人的嘴唇。

愛理沙嘴唇上似乎塗了護唇膏，非常柔軟、濕潤。

緊張感讓他的心噗通作響。

由弦緩緩地把自己的嘴唇湊近她的嘴唇……

「……這樣做實在不太好吧。」

在即將碰到之際，由弦找回了理性。

※

把時間拉回到稍早之際。

「……由弦同學？」

在按摩的途中。

愛理沙忽然發現由弦都沒出聲，便叫了由弦。

可是他沒有應聲。

這就表示……

「你睡著了嗎？」
愛理沙試著問了一下，但由弦依然沒有回話。
也就是說他真的睡著了。
「由弦同學～！」
愛理沙又叫了他一次，不過毫無反應。
這時愛理沙探頭窺看由弦的臉。
「……」
在那裡的是由弦放鬆且毫無防備地睡著的睡臉。
是覺得愛理沙不可能會對他做些什麼吧，而且愛理沙也根本構成不了什麼威脅……那樣的表情。
愛理沙戳了戳由弦的臉。
他完全沒有要醒來的感覺。
「……真是的。」
雖然愛理沙的確說過由弦睡著也沒關係，但他居然真的睡著了。
真拿他沒辦法。
愛理沙心裡這樣想，並把手伸向由弦的頭。
溫柔地摸著他的頭髮。

即使如此，由弦也沒有要醒來的感覺。

「這要怪由弦同學你不好……」

愛理沙有些心跳加速地把手伸向由弦的胸部。

她可以透過薄薄的T恤感覺到後面有著厚實的胸膛。

愛理沙的婚約對象體格意外地強健。

「……」

愛理沙悄悄地把鼻子湊近由弦的胸前。

她嗅了嗅，聞到了肥皂的香味。

和自己身上一樣的味道。

「……」

愛理沙躺到了由弦的身旁。

她眼前就是由弦的臉。

她的腦中瞬間閃過了再做些更過分的惡作劇——比方說親他之類的念頭。可是她太害羞了，做不出那種事。

愛理沙把手伸向由弦的T恤，緊抓著他的衣角。

然後閉上了眼睛。

在那之後……

「……？」

愛理沙忽然覺得頭上有股奇妙的感覺。

好像有人正溫柔地在摸著她的頭……那樣的感覺。

讓她的內心泛起了一股暖意。

就在她想沉浸在那份感覺中時……那隻手離開了。

愛理沙覺得有些遺憾。

也幾乎是在此同時，她的意識變得清晰了起來。

她想起自己在由弦的身旁睡著的事，也發現了剛剛在摸她頭的人就是由弦。

「嗯……」

她急著想要起來。

卻沒辦法起來。

這是因為由弦的手指正碰著她的臉頰。

愛理沙感覺到由弦的手指陷入了她的臉頰裡。

「……」（我現在起來的話……會嚇到由弦同學吧。）

由弦是以為愛理沙還在睡，才會做這種事的。

要是愛理沙在這個時間點醒來，由弦會嚇一大跳吧。

這樣他太可憐了。
……愛理沙找著這樣的藉口，就這樣任憑由弦擺布。
過了一會兒之後，由弦沒再碰愛理沙的臉頰了。
可是對方什麼都沒做……反而讓愛理沙很不安。
因為愛理沙不知道他接下來會摸哪裡，也不知道由弦腦子裡在想些什麼。
（對、對喔……我現在毫無防備……）
光是這樣想，愛理沙就感覺到自己的心跳加速了起來。
她呼出的氣息變熱了，呼吸也越來越急促。
越是不想被由弦發現自己在裝睡，狀況就反而變得越糟。
（我在睡覺……所以不管被摸了哪裡，還是衣服被脫掉，都沒辦法抵抗……）
不想被他碰的恐懼，和想被碰看看的期待。
覺得由弦不會做那種事的信賴，跟想要由弦覺得自己的身體很有魅力的願望。
矛盾的情緒讓愛理沙的思緒亂成一團。
就在這時候……由弦的手指稍微碰了愛理沙的頭髮。
他只是溫柔地撥開垂落在愛理沙臉上的頭髮……就只是這樣的動作和接觸。
儘管如此，愛理沙仍感覺到自己的體內深處一下子熱了起來。
接著馬上有什麼東西碰到了她的嘴唇。

是由弦的手指。
溫柔地沿著她的嘴唇描繪著。
像是在確認她的唇形。
由弦的手指撫摸著愛理沙的嘴唇。
他的動作非常溫柔……
卻也同時讓愛理沙感受到由弦的強烈攻擊性與情慾。
接下來我會用自己的唇堵上她的嘴唇。
我會侵犯她。
奪走她的吻。
由弦的動作彷彿如此宣言著。
至少愛理沙有這種感覺。
她覺得自己的耳朵彷彿聽見了這樣的台詞。
（不、不行……）
心臟劇烈地狂跳。
下腹部有股強烈的空虛難受感。
呼吸變得更急促了。
愛理沙可以感覺到……由弦的唇、由弦呼出的氣息正緩緩地接近她。

然後……
「……這樣做實在不太好吧。」
由弦低聲說道。
逼近的氣息遠去了。

愛理沙暈了過去。

※

「……嗯。」
就在由弦的身旁。
靜靜地傳出規律呼吸聲的少女微弱地哼了聲。
由弦移動視線看過去，只見她睜開了看來仍有些迷茫的翡翠色眼睛。
或許是還沒完全睡醒吧，她的神情依舊有些恍惚。
「妳醒了嗎？愛理沙。」
「……嗯。」
愛理沙揉了揉惺忪的睡眼，緩緩起身。

然後呆呆地盯著由弦。

「愛理沙？妳沒事吧？」

「嗯……為什麼，由弦同學會……」

她嘴裡喃喃說著這種睡傻了的話。

然後在下一個瞬間。

「由、由弦同學？為、為什麼？」

愛理沙驚慌失措地往後退。

可能是腦筋一下子反應不過來吧……她沒注意到自己一旦往後退，就會摔下床。

「愛理沙。」

「咦？呀！」

由弦連忙抓住愛理沙的手臂，硬是把她的身體拉了回來。

結果愛理沙雖然逃離了摔下床的命運，卻演變成身體貼著由弦的狀況。

「為、為啥喵……」

「妳冷靜點。這裡是我房間……妳在按摩的途中睡著嘍。」

「……啊？」

聽了由弦的話，愛理沙驚訝地發出了怪聲。

然後左顧右盼地看了看周遭……似乎總算發現她不是在自己的房間裡。
她的臉瞬間紅了起來。
「這、這個……不好意思，給你添麻煩了。」
愛理沙消沉地縮起身子。
看著愛理沙的反應……由弦稍微安心了。
（太好了……她果然是睡著了。）
在愛理沙睡著之後。
輸給了誘惑的由弦，忍不住對愛理沙……做了許多惡作劇。
他做了近乎性騷擾的行為，不，他也知道自己做的事如果被拿出去公審，根本沒有辯解的餘地。
當下他只是抱持著「愛理沙應該會原諒他的吧」這種隨便的心態，但是仔細想想，那是就算被人討厭也無可奈何的行為。
……他不希望愛理沙討厭他。
「哎呀……這也沒辦法。妳累了吧。」
由弦說了非常合理的話來帶過這個話題。
愛理沙則是開口問了由弦。
「呃，現在幾點了？」

「正好……快要下午五點了。」

正確來說是四點四十五分。

恰好是差不多可以開始準備晚餐的時間。

「已經這麼晚了啊……對不起。呃，要我幫你做晚餐嗎？」

「……唉，我是覺得要是能跟妳一起吃晚餐，那就再好不過了啦。」

今天是平日。

把愛理沙留到太晚也不好……更何況今天因為有馬拉松大賽，愛理沙應該也累了。

「不介意的話，要不要一起去外面吃飯？」

由弦如此提議。

於是由弦和愛理沙前往知名的高級法式餐廳……

當然不是那種地方，而是附近有名的連鎖家庭式餐廳。

得準備不少必要經費的由弦在經濟上不是那麼有餘裕，愛理沙的零用錢也不多，兩人能選擇的店家必然有限。

雙方分別點完餐之後……由弦開口問了從剛剛開始就莫名地冷靜不下來的愛理沙。

「……妳有什麼想問我的事情嗎？」

難道她那時候果然是醒著的嗎？

一抹擔憂掠過由弦的腦海中。

而在另一邊，被由弦這麼一問的愛理沙稍微別開了翡翠色的眼睛，雪白的肌膚染上薔薇色的同時……有些謹慎地問道。

「呃，在我睡著的時候……」

「……嗯。」

噗通噗通噗通噗通。

緊張和恐懼讓由弦的心臟噗通作響。

該不會被她發現了吧。

「那、那個……有、有發生什麼奇怪的事情嗎？」

這是個非常奇怪的問題。

愛理沙只不過是在睡覺，會發生什麼奇怪的事情嗎？一般來說根本不會發生那種事，也沒人覺得會發生吧。

所以一般情況下是不會問這種問題的。

愛理沙之所以會這樣問，表示她認為發生了什麼奇怪的事。

而這就表示……

她的問題等於是在問由弦：「我睡著的時候，你做了什麼嗎？」

（……冷靜點。）

那時候愛理沙其實醒著，注意到了他的惡作劇。
這個可能性一瞬間閃過了由弦的腦海中。
可是如果她真的醒著……有辦法像那樣忍著都不動嗎？
就算差點就要被親了，也能繼續裝睡下去嗎？
會這樣任人擺布嗎？
怎麼會？不可能會有這種事。
愛理沙那個時候一定不是醒著的。
她不是裝睡。
她只是……在懷疑自己睡著的時候，由弦是不是對她做了什麼奇怪的惡作劇。
照這樣來看，她是用自己的方式在套由弦的話吧。
不對，一定是這樣。
如此推理的由弦盡可能地保持平靜地開口回答。
「……不，我想沒發生什麼事情吧。」
妳到底在在意什麼？
我實在搞不懂耶。
由弦邊像這樣裝傻……邊開口問她。
「妳覺得有哪裡不對勁嗎？」

接著在短暫的沉默後，愛理沙回答。
「不……因為我睡得很熟。對……因為我睡著了。」
這說法聽起來別有深意。
說是這麼說，然而去吐槽這一點……感覺對雙方來說都不是什麼好事。
就在由弦和愛理沙進行著心理戰之際……
店員把餐點送上來了。
由弦點了義式湯麵，愛理沙則是漢堡排。
桌上升起了美味的香氣。
「開動吧。」
「好啊。」
兩人拿起了刀叉，將食物送入口中。
這種類型的連鎖店不管是在哪家店吃，味道都很穩定又美味。
由弦當然知道更美味的餐廳，而且也知道愛理沙做的菜遠比這些店家來得好吃。
說是這樣說，不過這是兩碼事。
連鎖店的餐點也算是好吃的，沒有難吃到吃不下去的程度。
「……喂，愛理沙。」
「你想嚐嚐味道嗎？」

「妳很清楚嘛。」

「呵呵……沒有啦，因為以前也做過一樣的事啊。雖然店不一樣就是了。」

愛理沙這樣說完後，用刀叉切下了一塊漢堡排。

然後……

用自己到剛剛還在用的叉子叉起了漢堡排。

她慢慢地拿起叉子，小心地把另一隻手放在下面，避免醬汁滴到桌上。

再溫柔地吹涼熱呼呼的漢堡排。

接著愛理沙稍微往前探出身體。

「請用。」

「……嗯。」

由弦自然地張開了嘴。

愛理沙也毫不猶豫地把漢堡排放入了由弦的口中。

由弦緩緩閉上嘴。

漢堡排連同叉子一起被關在由弦的口中。

肉汁和濃厚的多蜜醬汁的滋味刺激著由弦的味覺。

可是由弦緊張得感覺不出食物的味道。

「味道怎麼樣？」

「……很好吃喔。」

硬是擠出了這句話的由弦反問愛理沙。

「妳也要……嚐嚐看味道嗎？」

「……好。」

愛理沙有些羞赧地點了點頭。

由弦用湯匙和叉子把義大利麵捲了起來，方便她入口。

他往前探出身體後，愛理沙也張開了誘人的嘴唇。

由弦把自己到剛剛為止還在使用的叉子，輕輕放入了可以看見愛理沙白亮牙齒和粉色舌頭的口中。

他感覺到自己的身體猛烈地熱了起來，心臟噗通作響。

愛理沙則是毫不遲疑地閉上了嘴。

「嗯……」

愛理沙瞇細了眼睛。

由弦緩緩地從她美麗的唇裡抽出叉子。

等愛理沙咀嚼完之後，由弦問道。

「味道怎麼樣？」

「嗯，非常……好吃。」

愛理沙微微一笑。
這笑容在由弦眼裡看起來非常妖豔、煽情。
在那之後，由弦和愛理沙又互相交換地餵了對方幾次。

※

「我回來了。」
傍晚。
太陽下山後，愛理沙回到了自己的家裡。
沒人回應她。
不過家裡應該有人在才對。
愛理沙緩緩地，用有些沉重的腳步走往開放式廚房。
養母——天城繪美正好在廚房裡洗碗盤。
「我回來了……繪美阿姨。」
平常都是愛理沙負責準備晚餐的。
雖然並非特別講好的事，不過由愛理沙煮飯已經成了家裡的習慣。
然而今天她因為和由弦一起吃晚餐，會晚回家。

所以難得是由繪美下廚。

愛理沙當然有事先和家裡聯絡……儘管如此，心情依舊有些沉重。

而另一邊，聽到愛理沙出聲搭話的繪美邊洗著碗盤，頭也不回地答道。

「哎呀，歡迎回來……妳回來得還真晚呢。」

馬上就開口挖苦了愛理沙。

她很討厭愛理沙是眾所周知的事實。

這次的「婚約」更是讓她格外地不高興。

她很看不慣愛理沙自己主動說要相親，卻還屢屢拒絕，在那邊對男人挑三揀四的態度和行為——在繪美眼中看起來是這樣的。

繪美也相當不滿愛理沙搶走了本來應該是她親生女兒芽衣婚約對象的高瀨川由弦。

再加上愛理沙還裝成悲劇女主角，背地裡對高瀨川由弦說自己的壞話——繪美是這樣認為的。這件事也讓她很生氣。

愛理沙的行為和態度，都在在讓繪美想起愛理沙的母親——也就是繪美的妹妹。

當然，如同繪美討厭愛理沙那樣，愛理沙也很討厭繪美。

真是麻煩。愛理沙在內心這麼想著，開口回話。

「嗯……抱歉給妳添麻煩了。」

「不會，我不覺得妳有給我添麻煩喔？妳……也很忙吧？在各方面上。」

「……嗯。」

話中有話的說話方式。

儘管如此，愛理沙已經學習到認真地去反駁繪美，繪美只會再加倍奉還回來這件事，所以她便簡單地帶過了這個話題。

「那我就先……」

愛理沙打算離開廚房，早早回房就寢。

繪美這時又拋了一句話給要離開的愛理沙。

「啊，對了……拜託妳好好把弄髒的身體洗乾淨之後再上床睡覺。還有弄髒的『內衣褲』……因為我不希望妳把那些放進同一台洗衣機裡呢。」

從她刻意強調弄髒的「內衣褲」而非「衣服」這點來看，這話的意思就很明顯了。

繪美認為愛理沙已經跟由弦「睡過」了。

「……好的，我知道了。」

不過她說這番話，說穿了也只是為了要挖苦愛理沙，愛理沙不知道她心裡到底是不是真的這樣想，也不覺得這很重要。

所以去反駁她也是無濟於事。

再說……

（唉……就算反駁她也沒什麼意義就是了。）

如果別人誤解了她和由弦之間的關係，愛理沙的確會想要反駁……

不過說實話也沒有錯到那種程度。

愛理沙順著繪美的話走向浴室，沖了個澡。

「那個人……變得溫和多了呢……」

老實說，繪美的挖苦完全不如愛理沙的預期。

如果是在不久之前，她會說些更過分的話吧。

繪美的「言語攻擊」明顯地變得沒那麼尖銳了。

背後的原因恐怕是因為由弦和愛理沙的關係進展得很順利吧。

由弦雖然沒有特別施壓……

可是他的家世成了保護愛理沙的護盾仍是不爭的事實。

（……我總是單方面地受到他幫助，真對不起他。）

回想起來，聖誕節時愛理沙也收到了非常昂貴的禮物。

要說自己有沒有給由弦相等的回報，愛理沙實在沒自信給出肯定的答覆。

當然，由弦可能會說他不需要回報……

（可是我身為一個人……不希望自己這麼墮落……）

如果就這樣子仰賴由弦，單方面地受益，自己一定會墮落的。

愛理沙不想變成一個只有「有個很棒的男朋友」這件事可以拿出來說嘴的人。

淋浴完之後，愛理沙動作俐落地擦乾身體，換上睡衣，吹乾頭髮。

接著走出更衣室，走向自己的房間。

就在她走在走廊上時……

「是愛理沙啊……妳回來了啊。」

「嗯，不久之前回來的。」

碰到了表哥，天城大翔。

他就讀的大學正好在放春假，所以他回老家來了。

（他能不能趕快回去啊……）

雖然愛理沙本來就對大翔沒什麼好印象……

不過自從愛理沙得知，之前那椿她以前的同學跑來糾纏她的事件背後是大翔在搞鬼之後，她對大翔的印象更是跌到谷底。

趕快回你大學的宿舍去啦。愛理沙總是這樣想。

她當然不會把這話說出口就是了。

「我聽說今天……妳是去參加了學校的馬拉松大賽吧，回來得還真晚耶。」

「是啊。有什麼問題嗎？」

愛理沙用冷淡的語氣回答他。

就算是大翔也感覺得出來愛理沙很不開心，有些退卻。

「沒、沒有……對不起，我問了這種沒顧慮到妳心情的問題。」

「……」

愛理沙不禁皺眉。

他會退卻……看來顯然是產生了什麼奇怪的誤會。

愛理沙沒來由地不高興了起來。

「我跟由弦同學之間沒發生什麼事喔。」

「這、這樣啊……如果是這樣那就好了……」

看來不管怎樣都無法解開他的誤會。

覺得他很煩人的愛理沙速速結束對話，打算回房間時……

「愛理沙！那個……我會盡量幫忙妳的！」

大翔抓住了她的手臂，對她說了這種話。

「……你在說什麼？」

「所以說……就是，那個。」

大翔有些難以啟齒地皺起了眉頭……

不過還是直視著愛理沙說了。

「是關於……妳的婚約。妳沒必要對**那傢伙**言聽計從……」

這瞬間，愛理沙感覺血液衝上了自己的腦袋。

「你可以不要說由弦同學的壞話嗎？」

她反射性地大聲說道。

看著愣住的大翔，愛理沙才忽然回過神來。

「……對不起。」

她簡單地低頭致歉後，逃也似的朝著自己的房間走去。

這時……

「真難得看到你們吵架耶。」

有個女孩子站在她的房門口。

那是愛理沙的表妹，也是她戶籍上的妹妹……天城芽衣。

小學六年級。

是比大翔小了七歲，比愛理沙小了四歲，年齡有段差距的妹妹。

「啊……芽衣……我吵到妳念書了嗎？」

「沒有，我正在玩手遊，所以沒事。啊……這件事拜託妳別跟媽媽說喔。」

遊戲一天只能玩一個小時。

這是天城繪美在家裡訂定的規矩。

這不是因為她想要欺負愛理沙，單純只是她很討厭遊戲。

她覺得玩遊戲只會讓孩子變笨。

愛理沙沒什麼玩過遊戲，就是因為天城家的這個家庭方針。

不過……即使她可以控管遊戲主機，也沒辦法完全控制孩子不去接觸能在手機這個通訊設備上玩的遊戲。

所以腦筋靈活的芽衣常常會瞞著母親玩手機遊戲。

不僅如此，她還偷偷向父親撒嬌，允許她稍微課金。

當然這件事偶爾仍會被母親發現，不過她也很擅長在被抓包時找藉口或理由，「裝出有在反省的樣子」。

愛理沙很佩服芽衣這種腦筋靈活、善於處世的作風，同時也有點羨慕她。

因為就算是說客套話，愛理沙也不是善於處世的人。

「而且我想找愛理沙姊姊談一下。」

「……找我談？」

「對。是關於婚約的事就是了。」

愛理沙的臉反射性地僵住了。

芽衣無視愛理沙的反應，自顧自地繼續說了下去。

「其實爸爸他啊……有來問過我，如果愛理沙姊姊和高瀨川先生的婚約告吹了，能不能換我去。啊……不是，他實際上當然是說得更委婉一點啦。」

愛理沙的腦袋變得一片空白。可是她還是想辦法擠出了回應。

「這、這話……呃……是什麼意思？」

「好像是只限於如果、假設，愛理沙姊姊或是高瀨川先生其中一方，或是兩方不喜歡對方，婚約恐怕無望維持下去時……這種假設性的情況啦。簡單來說就是備案。」

芽衣的話讓愛理沙鬆了一口氣。

看來不是婚約本身出了什麼問題。

（啊……這麼說來……）

愛理沙回想起養父直樹曾經問過她類似「妳是不是其實不想去相親？」這樣的問題。

對於這個問題，愛理沙……沒有給出明確的答覆。

因為她不知道養父是基於什麼原因才會問她的。

她很想馬上就回答「不是」……

可是一想到直樹可能希望她回答「是」，她就有點害怕。

所以她選擇了消極地不做答覆這個「逃避」的行為。

直樹的確有說「之後再回答我就好」，可是在那之後她也沒有機會和直樹說上話，就一直沒有回答，拖到了現在。

「……這樣啊。呃，那芽衣妳覺得呢？」

「我沒有特別想跟高瀨川先生結婚。畢竟也沒有直接和對方見過面……而且我想繼承爸

爸的事業。」

一方面也是因為大翔和直樹的關係不好——嚴格來說是大翔單方面地討厭直樹。所以大翔選了和直樹的公司沒什麼關聯性的科系。

大翔沒什麼意願繼承公司和家業，直樹也沒打算硬逼他繼承。

相對地，芽衣似乎滿有意願要繼承的。

不過她才小學六年級，事情最後會變得怎麼樣也還很難說。

「這、這樣啊。」

愛理沙不禁放心地摸了下自己的胸口。

不管直樹怎麼想，只要芽衣不願意，那就只有愛理沙可以和由弦結婚了。

「哎呀，不過……就算跟高瀨川先生結婚了，也不代表我就不能繼承公司了吧。」

「……咦？」

「雖然我沒有見過他本人，不過從照片看來……我覺得他很帥。感覺也不是什麼個性不好的人——雖然哥哥對他的評價很差，不過那是少數人的意見嘛。」

然後芽衣的臉上露出了些許笑意。

「最重要的是他家很有錢啊。嗯，要是愛理沙姊姊不願意……我是不排斥啦。不過這當然也是要我先直接見過他，和他本人聊過就是了。」

芽衣又接著問了愣在原地的愛理沙。

「所以說，愛理沙姊姊，妳是真的想和高瀨川先生結婚嗎？」

「我當然……覺得可以和他結婚。」

如果是在半年前，她或許會做出不一樣的回答……不過至少現在愛理沙是喜歡由弦的。

「可以和他結婚啊……嗯。」

「……怎麼了嗎？」

「不是，只是爸爸好像擔心愛理沙姊姊其實不太想要這個婚約。」

「怎麼會……沒這回事。」

直樹為什麼會忽然會有這種想法？真要說起來，事到如今才冒出這種想法也太遲了吧。

愛理沙心中這麼想著……然後得出了一個可能性。

「順帶一提，如果妳是覺得可以和他結婚，我的態度也是一樣喔。硬要說的話，態度上算是相對積極吧。因為我覺得這是樁不錯的婚事。」

愛理沙感覺到自己的喉嚨變得非常乾。

要是天城直樹覺得「果然還是想讓自己的親女兒和對方結婚」，要是高瀨川家覺得「還是和對方的親女兒聯姻比較好」……

「哎呀，我也只是覺得『可以跟他結婚』啦，不是『想要跟他結婚』喔？妳不覺得『可以跟他結婚』和『想要跟他結婚』差很多嗎？嗯……再說結婚還是很久以後的事，老實說我現在根本無法想像呢。而且我也不太敢在這個年紀就決定未來的伴侶。」

愛理沙姊姊也很辛苦呢。我很同情妳。

然而妳還是說清楚自己現在的想法會比較好喔？

不過妳如果覺得「怎樣都無所謂」，那又另當別論啦。

芽衣說完這些話後就離開了現場。

愛理沙什麼話都說不出口。

第四章　和「婚約對象」的婚約

馬拉松大賽的幾天後。

由弦、宗一郎和聖，三個人一起在家庭式餐廳裡吃飯。

當然……是聖請客。

而三個男生聚在一起……肯定會做一件事。

沒錯，就是色色的話題。

三個人熱烈地討論著喜歡怎樣的女孩子，又是喜歡哪些部分之類的話題。

而由弦最中意的當然是「金髮翠眼美少女」。

而就在他們聊著這些話題時……

「愛理沙會願意接受我的告白嗎……」

由弦突然說起了軟弱沒自信的話。

面對由弦的發言，宗一郎和聖隨便找了些話來鼓勵他。

「雪城同學不管怎麼看都喜歡你吧。」

「在我看來也覺得她根本就迷上你了啊。」

「也是啦……不是，這點我知道。」

由弦邊捲著橄欖油香蒜義大利麵邊嘆氣。

「可是答應我就表示她真的要和我訂婚……也就是將來會結婚不是嗎？」

也就是說要嫁進高瀨川家。

而高瀨川家至少不是那種普通的一般家庭。

「她會不會覺得很麻煩啊？」

「唉，感覺精神壓力是會很大啦……」

「可是相對地很有錢啊。她會喜孜孜地嫁進你家吧。」

宗一郎同意由弦的擔憂，聖則是否定了這點。

這對愛理沙來說等於是「飛上枝頭當鳳凰」，所以她看起來沒道理會拒絕。

「應該說，結婚是大前提嗎？我覺得先不管結婚，你們單純交往也無所謂啊。」

由弦明確地回答了宗一郎的話。

「我想和愛理沙結婚……不對，是我絕對要跟她結婚。」

「那不就好了？」

「你在煩惱什麼？」

「不是……我沒有在煩惱什麼啦。」

不管用什麼手段，由弦都想要和愛理沙結婚。

如果愛理沙說：「我不是很想冠上高瀨川這個姓氏……」由弦打算向她強調高瀨川家的優點，無論如何都要讓她變成「高瀨川愛理沙」。

所以他沒什麼煩惱。

只是覺得不安。

「真這麼想結婚的話……再慘也只要你離開家裡就能解決了吧。」

「嗯……」

聖的提案令由弦不禁語塞。

對現在的由弦來說，高瀨川家當家的位子與跟愛理沙結婚……後者比較重要。

儘管如此……

「我……畢竟是作為繼承人被生下來並養育成人的嘛。」

他也不是非要得到高瀨川家的遺產不可。

只是……覺得自己不繼承當家的位子不行，覺得繼承家業是他的義務。

至少父母也是為了這個理由，為了留下繼承人才生下由弦的。

這是高瀨川由弦被賦予的使命，他只要活著，就必須走在這條人生道路上。

正因如此，他只有還是高中生、大學生的時候可以自由行動。所以由弦才會想趁這段期間盡量去嘗試各式各樣的事情。

這也是他原本不想在這時候就訂下婚約的原因。

因為要是有了喜歡的人那就傷腦筋了。
「不如說，嗯……就因為我是高瀨川家的繼承人，才能和愛理沙結婚啊！」
「這麼說來，你們算是『未婚夫妻』啊。」
「內外圍的問題根本都解決了嘛。」
也就是說接下來只剩下攻陷本城，只要愛理沙「嗯」地點頭答應就行了。
「哎呀哎呀，生為高瀨川家的長男真是太好了……若不是這樣，愛理沙就是我難以高攀的對象了。」
不過即使由弦是普通的高中生。
也會靠毅力攻陷愛理沙。就算她有「婚約對象」，由弦也會奪走她。
「愛理沙她啊……很可愛耶。」
「我們已經聽你說過了。」
「只要愛理沙捧我，我有自信我什麼都會去做。」
「所以才會爬上樹摔下來嘛。」
「閉嘴。我殺了你喔。」
黑歷史被人挖出來而火大的由弦。
以及回想起這件事而大笑的宗一郎和聖。
「哎呀，應該沒問題吧。你的長相也不差，個性也跟某人不一樣，算不上是渣男，家裡又有錢。」

在女人眼中看來是個好對象吧。

聖這樣說並點點頭。

宗一郎似乎也同意他的說法，跟著點了點頭。

「我很在意你口中的某人是指誰……不過由弦是個好男人吧。如果我是女人，都想和他結婚了。」

「真噁心……」

「你太過分了吧！」

他們這都只是在開玩笑就是了。

「話說回來……老實說，你將來打算繼承嗎？」

宗一郎這樣問聖。

也就是在問聖會繼承良善寺家的家業嗎？他會是下任當家嗎？

「嗯……雖然說我不排斥繼承家業啦。」

「雖然說？」

「但我覺得堂哥更適合。」

良善寺聖基本上……算是良善寺家的繼承人。

可是這件事尚未正式決定。

除了他之外還有其他的繼承人「候補」人選。

「這樣啊。唉……我先告訴你，對高瀨川家來說，只求你們不要內鬥。」

「那真是太好了。畢竟我們唯一不希望的就是發生內鬥。」

名門世家衰敗的主要原因幾乎都是出自內部紛爭。

爭奪繼承權或是本家、分家間的鬥爭這自然不在話下。

前任當家與現任當家、下任當家之間也會起糾紛。

（……就這層意義上而言，老爸也不能惹我不高興。）

對高瀨川家現任當家，高瀨川和彌來說，最大的敵人不是分家，不是上西，也不是政敵。

而是高瀨川由弦。

唯有由弦有可能把他趕下當家的位子。

而對由弦來說，父親也是難以應付的對象。

因為只要他還背著下任當家的頭銜，他就不能忤逆父親。

（關於愛理沙的事……我完全不打算讓步就是了。唉，雖然他們也知道吧。）

在這世上只有兩個人有實力妨礙由弦和愛理沙的戀情。

就是高瀨川和彌（父親）和高瀨川宗弦（祖父）。

不過……由弦完全沒打算反抗父親。

同樣地，和彌也相當信賴兒子。

追根究柢，若只是父子吵架那先不論，說實話他們絕對不想上演一場血淋淋的爭奪戰。

畢竟拿掉現任當家、下任當家這些麻煩的頭銜，他們是感情不錯的父子。

「假設你堂哥繼承了家業，那你打算怎麼辦？」

「不知道。嗯……最簡單的作法就是去關係企業上班吧……哎呀，畢竟我家跟你們不一樣，沒有那麼悠久的歷史。不是那麼有必要拘泥於我。」

聖這樣說完之後……突然改變了話題。

「明天週一……是情人節吧。」

「啊，對喔。」

「情人節啊。」

到去年為止，會送巧克力給由弦的人就是那幾個。

母親和妹妹，以及跟他上同一所國中的亞夜香。

當然，這些全都是人情巧克力吧。

他今年恐怕拿不到母親和妹妹的巧克力（她們也不可能特地送來吧）。

而亞夜香應該會和往年一樣送他，千春可能也會順便送他個人情巧克力。

天香他就不知道了……不過像她這種不會忘記萬聖節點心的人，可能會送個市售的巧克力給由弦吧。

然而比起那些事情……

（愛理沙會送我怎樣的巧克力呢……）

只有一點點。

由弦期待著擅長下廚的婚約對象的巧克力。

※

「早安，愛理沙。」

「早安，由弦同學。」

這天愛理沙也送便當到了由弦的住處。

由弦感激地接過有保溫效果的便當盒，然後把洗得乾乾淨淨的便當盒還給愛理沙。

「這次的便當也很好吃喔……一直以來真的很謝謝妳。」

「不會，我也很高興能做飯給由弦同學吃。」

這是和平常一樣的互動。

平常由弦和愛理沙會在這時候暫時道別。

愛理沙會早一步去上學，梳洗完畢的由弦會在她離開之後才去上學。

平常都是這樣的發展。

可是……兩人今天都沒來由的有種和不同於平常的感覺。
由弦有些浮躁不安，愛理沙也一副坐立難安的樣子。
理由……很明顯。
因為今天是情人節。
「……那個，由弦同學。」
愛理沙雪白的肌膚微微泛起紅暈。
她的聲音因為緊張而顫抖著。
由弦也感覺到自己的心臟噗通噗通地猛跳個不停。
「那、那個……」
「……愛理沙？」
「沒、沒事！」
愛理沙說完後就逃也似的跑走了。
由弦不禁張口傻站在原地。
「……咦？」
一般人會在這種時候退縮嗎？
由弦無視自己的作為，疑惑地想著。

於是在那之後，由弦內心有些糾結地上學去了。

抵達學校後……果然可以感覺到校內的氣氛跟平常不太一樣。

不過之中有著明確的溫差。

以男生來說，有看起來很幸福的人，也有莫名地坐立難安的人。有散發出負面情緒的人，也有跟平常看起來沒兩樣的人。

女生那邊倒是所有人都很興奮的樣子。

女生們會彼此交換巧克力，所以不管有沒有喜歡的對象，氣氛都會變得熱鬧起來吧。

（她會不會把巧克力放在我的鞋櫃裡啊？）

因為不好意思當面給他，所以放進鞋櫃裡。

愛理沙很有可能會做這種事。

由弦抱著這樣的期待打開後……裡面卻只有他的室內鞋。

「唉……」

「由弦弦～！」

「呀啊！」

背部突然被某人給拍了一下的由弦慘叫出聲。

要說是誰，會幹這種事情的人也是屈指可數。

「小、小亞夜香……很痛耶。」

「啊，抱歉，我打太用力了。」
亞夜香用毫無悔意的表情賊笑著說道。
另一個兒時玩伴也跟在她身後。
「早安，由弦同學。」
「喔，早安，小千春……」
由於這兩個人平常不會一起上學，應該只是剛好碰到吧。
然後就順勢跑來拍了由弦。
不管是好是壞，由弦都很了解兒時玩伴的行動準則。
「由弦弦，你收到小愛理沙的了嗎？」
亞夜香壞心眼地笑著說道。
而千春也跟著露出帶著調侃氣息的笑容。
「是我們大家，我、亞夜香同學、愛理沙同學，還有天香同學一起做的喔？」
她們知道由弦一早就會拿到愛理沙做的便當。
所以應該是認為由弦在那個時候就收到巧克力了吧。
如果由弦站在她們的立場上也會這樣想。
「不……我沒收到。」
「咦？是嗎？」

「愛理沙同學……在關鍵時刻很沒用呢。」

亞夜香和千春一副傻眼的樣子。

儘管如此，照她們兩個的說法，愛理沙確實有準備巧克力，至少由弦在這一點上面可以放心。

（畢竟要是她說「對、對不起……其實我忘了準備！」我會有點受打擊啊……應該說會對我的計畫造成影響。）

由弦鬆了口氣。

不過他還不確定自己真的能拿到巧克力。

因為愛理沙很有可能會就這樣錯過送巧克力給他的機會。

「啊，對了。由弦弦。來，這給你。」

「由弦同學，請收下吧。」

「謝啦。」

他從兩人手中收下了包裝得很可愛的巧克力。

這當然是人情巧克力。

「要給我們三倍的回禮喔。」

「而且當然不只有材料費，還要算上製作的勞力跟我們的愛情喔。」

「嗯，我知道。我是很想說白色情人節時，我會回送妳們不錯的東西當回禮……不過⋯」

由弦說到這裡搔了搔頭。

這話說起來有些丟臉，所以他其實不太想說⋯⋯

「我手頭上不太寬裕⋯⋯唉，那個，不夠的部分可以用我的心意來補上嗎？」

「咦？可是我聽說由弦弦你打工賺了不少錢耶？」

「你買了什麼嗎？」

「正確來說是接下來才要買啦。我想買——給愛理沙。」

由弦這樣說完後，亞夜香和千春都睜大了眼睛。

「啊，這件事要瞞著愛理沙喔？」

「當然不會說啊！撕裂了我的嘴我都不會說的！」

「不過這樣確實可以理解你為什麼會沒錢。白色情人節送我們黑雷神巧克力就好了。

啊，順帶一提，我這是⋯⋯」

「故意帶在白色的日子送黑色的東西這種哏？」

「沒錯，你很清楚嘛。」

那麼，因為他們也不好一直站在這裡聊天。

就此結束話題後，由弦和亞夜香她們便各自走向自己的教室了。

由弦走進教室時，女生們正好在進行巧克力交換大會。
愛理沙的身影也在其中。
他看向愛理沙後……兩人的視線對上了。
可是僅有短短一瞬間。
愛理沙馬上就害羞地垂下了眼。
照這樣看來，他該不會拿不到吧……
由弦有些喪氣地坐到了自己的位子上。
……然後發現了。
「嗯？」
自己的抽屜裡放了什麼東西。
他一邊想著不會吧，一邊抽出那個東西後……發現那是個包裝得很可愛的盒子。
「……」
瞬間。
由弦確實感覺到整間教室的人都緊張了起來。
（……這該不會是愛理沙放的吧？）
意外地做了很大膽的事情呢。
由弦瞬間往愛理沙的方向看了一眼……

（啊，不是她。）

她目瞪口呆，臉上浮現出宛如世界末日來臨的表情。

整個人彷彿雕像般一動也不動。

當事人不可能會露出這種表情的。

（不知道是誰送的啊……）

這個到底該怎麼辦才好啊……

就在由弦嘆氣的瞬間。

「高瀨川同學，早安。」

「唔喔！」

突然被人叫住，由弦嚇得身體反射性地抖了一下。

「……你也沒必要嚇成這樣吧。」

「沒、沒啦，抱歉……早安，凪梨同學。」

出聲叫住由弦的是身材高挑纖瘦的美少女。

凪梨天香。

「來，這給你。平常受你關照了。雖然是人情巧克力啦。」

「喔，謝謝妳。」

看來她是來送人情巧克力給由弦的。

由弦感激地收下了天香的巧克力。

「……那是誰送的？不是愛理沙同學吧？」

天香看著那個被由弦放在桌上，包裝很可愛的盒子說道。

根據亞夜香的說法，由於她們幾個是一起做巧克力的……應該也知道彼此做的巧克力的外包裝長什麼樣子。

所以天香一眼就看出那是她們四個人以外的某人送的東西吧。

「不，我不知道。這盒子就放在我的抽屜裡……也沒有署名。」

雖然有可能會放在盒子或包裝裡……

但至少從外觀看來，這巧克力完全沒有附上任何信或是紙條。

「不明人士送的巧克力啊……如果不是市售的商品，你打算怎麼辦？」

「……無可奉告。」

「唉，說得也是。我覺得那才是普通的處理方式啦。畢竟人身安全最重要。」

從由弦的回答中猜到他想法的天香像是要安慰由弦，拍了拍他的肩膀。

「受歡迎的男生真辛苦呢。」

「我沒妳受歡迎啊。應該有很多男生希望能收到妳的巧克力吧？」

不用說，天香也是非常漂亮的女孩子，在男生之間相當受歡迎。

她的外表等級不亞於愛理沙、亞夜香和千春（當然由弦是覺得愛理沙特別出色啦）。

有不少男生想收到天香的巧克力吧。
……實際上，班上男生看向由弦的視線似乎變得更尖銳了。
「……我又不擅長下廚。老實說跟亞夜香同學她們的相比，我做的實在不怎麼樣。我不認為自己的巧克力有那麼好啦。」
「我覺得重要的不是巧克力本身，而是從誰那裡收到，對方又是基於什麼用意送的啦。」
以這層意義上而言，這個不明人士送的巧克力反而不太好處理。
由弦總之先把這個不明人士送的巧克力和天香送的巧克力收進了書包裡。
然後開口問天香。
「妳已經送給聖了嗎？」
「咦？你……你為什麼會提到聖啊？」
「沒啊，我沒其他意思。」
由弦說完後，天香不悅地別過頭去。
「是、是喔……快上課了，我先走了。」
「嗯，妳也加油啊。」
「……我沒什麼好加油的吧。」
天香拋下這句話後，便逃也似的快步離開教室了。

在那之後，到了午休時間。

由弦和宗一郎他們吃完便當後，回到了教室。

接著由弦的手機幾乎是在此同時振動了起來。

他拿起手機確認……發現是愛理沙傳了訊息來。

『便當好吃嗎？』

由弦下意識地察覺到愛理沙傳訊息過來的原因了。

這也是因為愛理沙平常不會在午休時就問他對於便當的感想。

平常在午餐後，由弦會在比較平靜的時機傳個簡短的訊息給愛理沙。

然後在隔天早上收下新的便當時，再親口向她道謝並說出自己的感想。這才是普通的情況。

所以愛理沙想問的不是便當好不好吃。

問他對便當的感想，對愛理沙來說只是用來找他說話的切入口吧。

『今天也很好吃喔。尤其是白肉魚，非常美味。』

『因為我第一次拿白肉魚來做便當菜，你說好吃那真是太好了……我用香草醃過之後才煎的，應該沒有腥味吧？』

『沒有喔，我完全沒吃到腥味。』

儘管平常兩人只會說『〇〇很好吃喔』、『那真是太好了』便會結束對話。
今天的對話內容卻意外地長。
一眼就能看出她在刻意拉長對話的時間。
然後在他們聊了一陣子之後……
『那個巧克力是誰送的？』
愛理沙終於切入了正題。
這不過是普通的問句，也沒用什麼特別的表情符號或是貼圖……
卻沒來由地有股氣勢驚人，不容許他矇混帶過的氣息。
「……」
由弦瞬間抬起頭，往愛理沙的位子看了一眼。
愛理沙用雙手握著手機，面無表情地瞪著螢幕。
……有夠可怕的。
『我不知道。上面沒有寫是誰送的。』
由弦傳出訊息後，愛理沙馬上就回傳了訊息。
『真的嗎？』
什麼真的假的？他沒有理由要說謊啊。
由弦不知為什麼有種自己正在受愛理沙責備的感覺。

他明明就沒做什麼壞事。
『真的啊。』
『你拆開包裝了嗎？』
『不，還沒。』
『請你拆開。』
明明只有四個字。
這句話卻有著不由分說的魄力。
由弦有些不知所措時，馬上又收到了訊息。
『請你拆開。』
沒想到會是同一句話。
由弦不禁看向愛理沙。
然後……和她對上了眼。
愛理沙面無表情。
由弦連忙回傳訊息給她。
『我這就去廁所打開。』
接著由弦便宛如從位子上跳起來似的起身，抱著書包小跑步地衝進了廁所。
（好可怕、好可怕……）

愛理沙讓由弦有些恐懼。
他覺得自己簡直就像外遇被老婆抓包的先生。
當然他沒有外遇也沒幹嘛，真要說起來這根本是不可抗力。
他從包包裡拿出那盒巧克力。
然後謹慎地拆開包裝，確認內容物。
（果然是自製的巧克力啊……）
那是愛心型的，看起來非常「典型」的自製巧克力。
他接著又看了一下盒子裡面……確認裡頭沒有放信或是紙條之類的東西。
「果然不知道是誰送的啊……」
確認沒有可以掌握送禮人身分的要素後，由弦看了看手機。
只見愛理沙已經傳了兩則訊息過來。
『你拆開了嗎？』
『裡面有放什麼嗎？』
『知道是誰送的了嗎？』
不，在他看訊息時又傳來了一則新的訊息，所以嚴格來說是三則。
「……她知道這是誰送的禮物，是打算做什麼啊？」
至少是愛理沙的話，她是不會對那個女孩子做什麼的。

……雖然由弦這麼希望，可是看到愛理沙對「某人送的真心巧克力」有這麼大的反應，他實在沒有辦法保證愛理沙絕對不會做那種事。

（……唉，這種反應也很可愛就是了。）

強烈的嫉妒心正是愛理沙有多喜歡由弦的證據。

而且由弦也很能理解愛理沙的心情。

要是愛理沙收到了誰給她的情書，由弦一定也會在意得不得了吧。

『果然還是不知道是誰送的。』

總之為了讓愛理沙安心，由弦傳了訊息過去。

接著立刻收到了回覆。

『可以請你讓我看一下照片嗎？』

也就是說，愛理沙公主希望他拍一下內容物給她看。

當然，由弦沒做什麼虧心事，裡頭也沒放什麼會令他困擾的東西——真要說起來，會不能給人看的禮物到底是什麼東西啊——所以他乖乖地拍了照片，傳給愛理沙。

過了一會兒，愛理沙回了訊息。

『是自製的呢。』

由弦等了一下後，馬上又傳來了新的訊息。

『我覺得這不太安全。』

『我想還是別吃不知道是誰做的東西比較好。』

『在衛生層面上也沒有保障。』

光從文字內容來看，是在體貼由弦，為他擔心……

不過一看就知道她是基於嫉妒和占有慾，才叫由弦「別吃」的。

（愛理沙也有這樣的一面啊……）

不，這才是愛理沙的本性吧。

本來她就是個愛吃醋、占有慾強、任性的女孩。

只是她平常都壓抑著這些情緒，沒有表現出來而已。

『我知道，沒事的。』

由弦這樣回覆了愛理沙。

如果……收到的巧克力是市面上販售的商品，他就會抱著不能浪費食物的心情吃掉吧。

此外，倘若知道是誰送的，對方又是可以信賴的對象，那即使是自製的巧克力他也會吃。

如果裡面放了寫有對由弦心意的信，由弦就會直接去見那個女孩子，當面拒絕她吧。

就算愛理沙說不行，他也會這麼做。

吃下收到的巧克力，好好給對方答覆。

由弦覺得這是他對對方至少該盡到的禮節。

不過送禮人不明的自製巧克力那又另當別論了。

如同愛理沙所言，這東西在衛生層面上無論如何都讓人存有疑慮。

而且問題就出在不知道「裡面加了些什麼」這點上。

其實父母有嚴格命令過由弦，「不准吃不知道是誰做的東西」。

對高瀨川家懷有恨意的人不在少數。

而且其中不只包含遷怒，也有不抱恨意，單純是因為只要高瀨川家沒落了，他們便能從中獲利的人存在吧。

再說由弦要是死了，高瀨川家本家下任當家的位子就會空出來。

難保不會有人想要奪取這個位子。

……唉，當然也不是隨時都有人想要取他的性命，在日常生活方面是沒什麼問題。

真要說起來，他也不認為那些人會做這種只要調查一下就能查明真相，不夠縝密的犯行。

儘管如此，凡事還是小心為上。

畢竟排除怨恨和利益這些事情，這世界上仍有一定人數的愉快犯與快樂殺人魔。

即使連這些都排除在外，還是有食物中毒的可能性。

送禮人不明的食物太危險了。

正因如此，雖然很對不起做巧克力給他的女孩子，但由弦沒辦法吃下這個巧克力。

無論愛理沙是希望還是不希望他這麼做。

『父母有叮囑過我，不能吃不知道是誰做的東西。』

『這樣啊，那就好。』

聽了由弦的回答，愛理沙似乎放心了。

由弦也鬆了一口氣。

……而安心下來之後，由弦也有一點生氣。

自己明明沒做什麼壞事，為什麼得淪落到這種彷彿遭人責備了的下場啊？

吃醋的愛理沙雖然很可愛，可是凡事都是有限度的。

『禮物果然還是應該親手送給對方呢。』

想要反擊一下的由弦傳了這樣的訊息給愛理沙。

他這麼說當然是想催促愛理沙送他巧克力。

可是……

「……咦？」

他等了五分鐘，卻沒有回應。

沒想到愛理沙會對他已讀不回。

（……我惹她生氣了嗎？）

由弦心中湧上一股不安。

在那之後，由弦內心糾結地度過了午休時間。

不管他等了多久，別說巧克力了，愛理沙連訊息都沒回……就這樣來到了放學前的班會時間。

（……沒想到我會收不到巧克力，就這樣度過了一天。）

因為他認為自己一定會收到愛理沙的巧克力，所以沒收到對他來說是相當直接的打擊。

再加上沒有在情人節收到巧克力的話，他自然就沒辦法在白色情人節回禮了……

這也表示他必須要重新擬定「計畫」。

「……唉，這也沒辦法。」

班會時間結束後，由弦站起來低聲說道。

消沉也無濟於事。

而且就算在學校時沒收到，愛理沙依舊有可能會在這之後才拿給他。

現在放棄還太早了。

畢竟他至少能確定愛理沙有準備巧克力。

由弦也還有主動對愛理沙說他想要巧克力這個最終手段。

由弦邊想著這些事情，邊拿起了包包，打算快步離開教室時……

「由弦同學！」

一道澄澈優美的聲音叫住了他。

由弦回過頭，只見他的心上人，雪城愛理沙正站在那裡。
愛理沙胸前抱著某樣東西，低著頭。
「……愛理沙？」
聽由弦這麼一問，愛理沙緩緩地抬起頭。
她整張臉都紅透了。
「這個……雖然不是什麼了不起的東西，還請你收下！」
愛理沙大聲說完後，把抱在胸前的東西……
一個包裝得非常可愛的小包裹，用塞給由弦的方式交給了他。
「那、那麼……再見！」
由弦甚至還來不及道謝，愛理沙就跑走了。
只見著她的背影逐漸遠去……然後一瞬間便跑得不見人影了。
「……真傷腦筋。」
沐浴在班上同學視線下的由弦滿臉通紅，想裝傻帶過地搔了搔臉頰。

※

在情人節之後大約經過了兩週……早上。

「早安，由弦同學。」

「早安，愛理沙。」

今天愛理沙也到了由弦所住的華廈。

愛理沙把便當拿給由弦，由弦還給她空的便當盒。

接著由弦說了他對愛理沙做的菜的感想，愛理沙開心地微笑。

然後……

「那……我們走吧。」

「說得也是。」

由弦和愛理沙一起離開華廈，前往學校。

「……快到春天了呢。雖然天氣還有點冷。」

「是啊。總覺得最近這幾年都沒有春天跟秋天，只有夏天跟冬天。」

「那樣就不是四季，只有二季了吧。」

嘴上聊著這種無關緊要的話題。

由弦和愛理沙親暱地並肩走在一起。

從不久之前開始，由弦和愛理沙變得會一起上學了。

雖然之前兩人因為早上被其他學生看到的可能性比較高，為了保持低調而避免一起去上學……

不過在情人節之後，情況就變得不太一樣了。

這也是因為在學校裡，由弦和愛理沙已經被視為是「交往中的情侶」了。

不過這也是當然的吧。

既然愛理沙在教室那麼大膽地，而且把怎麼看都是「真心巧克力」的巧克力，用怎麼看都是在說「我喜歡你」的方式交給了由弦，再用「我告白了！好害羞喔！」的反應逃跑……

這下至少周遭的人都知道愛理沙喜歡由弦，並向由弦告白了吧。

而且由弦和愛理沙也藉由和亞夜香等人一起吃便當或一起行動，讓周遭的人知道他們是親近的朋友，為此埋下了伏筆。

所以在外人的眼中看來……由弦非常有可能會接受愛理沙的心意。

況且在情人節之前和之後，由弦和愛理沙並沒有明顯地疏遠彼此。

所以高瀨川由弦至少沒有拒絕雪城愛理沙吧。

這也就表示由弦接受了她的告白。

周遭的人自然作了這樣的解釋。

再加上從之前開始就有幾個學生目擊了由弦和愛理沙在放學後一起回家的場面，所以校內早就出現了由弦和愛理沙「有一腿」的傳聞。

也就是說，讓周遭的人認為由弦和愛理沙是情侶的「基礎」已經完工了。

……不過這個「基礎」是由弦和愛理沙兩人心照不宣地打造出來的存在就是了。
由弦和愛理沙的關係很親密，這早已成了眾所周知的事實。
既然如此……
事到如今，也沒必要為一起上學這種事情猶豫不決。
兩人自然而然地變得會一起上學了。

「真的……很冷呢。」
愛理沙這樣說著，往自己白皙的手上吹出白色的霧氣。
……如果由弦沒記錯，她應該有自己的手套才對。
可是她今天不知道為什麼沒戴手套。
愛理沙用微微泛紅的臉和水潤的大眼睛瞄了由弦一眼。
由弦默默地脫下一隻手的手套。
「……由弦同學？」
她睜大眼睛愣住了。
愛理沙用一臉想說「你怎麼突然脫掉手套了？」的表情，提出了疑問。
……由弦有點想故意欺負她一下。
「一隻手套借妳。」

「……謝謝。」

我想要你做的明明就不是「這個」……

由弦同學真遲鈍……

愛理沙彷彿想說出這些話，失望地從由弦手中接過手套。

她戰戰兢兢地把手套戴在靠人行道的那一側——也就是跟由弦在相反位置的那一隻手上。

然後有如在說「好冷喔……」似的，刻意對著另一隻手呼氣，還故意發抖給由弦看。

由弦拚命忍著不要爆笑出聲——同時也忍著別苦笑，朝愛理沙伸出自己沒戴手套的手。

「畢竟我也很冷，妳那隻手能不能靠這樣忍一忍？」

他邊說邊朝著愛理沙張開手。

接著只見愛理沙睜大了她翡翠色的眼睛。

抬頭看著由弦，露出如花綻放般的笑容。

然後一副她早就等很久了的樣子，毫不猶豫地握住了由弦的手。

冰冰涼涼的，有點冷的小手。

由弦用力握緊了她的手。

他這一握，愛理沙不僅整張臉，連耳朵都紅透了。她低著頭說道。

「謝、謝謝。其實……我忘了帶手套。抱歉給你添麻煩了。」
她快速地找理由解釋，並不時觀察由弦的表情。
那動作簡直像是為了吸引飼主的注意力，刻意惡作劇，或是裝病的狗和貓。
實在是一眼就能看穿了。
不過本人應該覺得她所展現出的「演技」很好吧。
這點真的是……
「很可愛耶。」
「啊？你、你突然說什麼啊！」
愛理沙驚呼出聲。
看來由弦不小心把內心話說出口了。
「沒啦，對不起。」
「……你在戲弄我嗎？」
真是的！你這人真過分！
愛理沙說完後便氣呼呼地別過頭去。
像是在強調自己生氣了。
可是從她完全沒有打算主動鬆開由弦的手這點看來……很顯然地，這果然也是在「演戲」。

（……已經不需要「告白」了吧。）

由弦和愛理沙早就已經是情侶了。

當然他們彼此都沒有明確地說過喜歡對方，表達自己的心意。

由弦從愛理沙那裡收到巧克力時，愛理沙絕對沒對由弦說「我喜歡你」或是「我愛你」這種話。

所以由弦也只說了對巧克力味道的感想，沒有給她答覆。

真要說起來，因為對方根本沒問他，他也沒理由要回答。

可是沒有必要問，也沒有必要直接說出口。

手和手之間的溫度，早已傳達了他們對彼此的好感與愛意。

由弦確實認為愛理沙是自己的女朋友。

就算沒有直接用話語來傳達這件事，他也打算用明確的態度和行動來讓愛理沙感受到他的想法。

而愛理沙也一樣，即使沒有直接說出口，她也用了明確的態度和行動來表現出了她的心意。

那就不需要「告白」了。

不如說告白反而顯得不解風情。

當然……明白地說出「我愛你」、「我喜歡你」也是很重要的事。

但至少他們沒必要再問對方「我們交往吧？」這種問題。
不過……
「求婚」就另當別論了。
「……」
或許是因為由弦沉默不語，讓愛理沙擔心起來了吧。
她忘了要繼續假裝自己在生氣，不時偷瞄，確認由弦的表情。
我是不是惹他生氣了……
愛理沙或許是這麼想的吧。
不過由弦從一開始就看穿了愛理沙可愛的演技，所以就算覺得她的行為令人不禁莞爾，也完全不覺得生氣。愛理沙的擔憂只是杞人憂天。
由弦停下腳步後，愛理沙的表情又變得更是不安了。
「那、那個，由弦同……」
「快到白色情人節了呢。」
由弦打斷了愛理沙的話，如此說道。
接著……
「對、對啊！」
不知為何愛理沙挺直了背脊。

看來她好像很緊張。

不過……

由弦也是，雖然維持著平靜的表情，心臟卻狂跳個不停。

「我……想要給妳情人節的回禮。」

「嗯。」

「所以那天放學之後，我們去約會吧？我……知道有間夜景很美，評價又好的餐廳。」

由弦說完後，愛理沙點了點頭。

「好的，沒問題……那個，那裡的價位是？」

「這我會出錢，妳不用在意。」

「咦？不、不是……可是……」

「就那一天。」

由弦用強而有力的聲音蓋過了愛理沙支支吾吾的發言。

他用力握緊愛理沙的手。

「可以讓我耍帥一下嗎？」

短暫的沉默掌控了兩人之間的氣氛。

由弦的心臟噗通噗通地劇烈跳動著。

「……好。」

愛理沙輕輕點頭。

※

白色情人節當天。

由弦和愛理沙決定放學後先回家一趟，各自作好準備之後再碰面。

早一步抵達碰面地點的由弦緊張地看了手錶好幾次。

（……我為今天做了無數的準備。只要沒幹出什麼誇張的蠢事，情況都不會變得太糟吧。）

就在他一邊反覆想著這種事，一邊等待時……

他的手機響了。

他看了一下訊息，上面寫著「我在你後面」。

由弦回頭一看……

「由弦同學，今天就拜託你了。」

一位極為美麗的少女就站在那裡。

化了淡妝的肌膚呈現優美的乳白色，嘴唇非常光亮誘人。

琥珀色的頭髮成熟地盤成了髮髻。

藍色連身洋裝的袖子是以蕾絲製成的，稍微透出了她雪白的肌膚。
在她的胸口上，以前由弦送愛理沙的項鍊正閃耀著光芒。
她……愛理沙翡翠色的眼睛害羞地垂下視線，對由弦說道。
「那、那個……由弦同學？」
「……啊，抱歉。因為妳太漂亮，我看呆了。」
愛理沙真的很美。
證據就是周遭旁人的目光都聚集在愛理沙身上。
一想到這女孩是自己的女朋友，由弦就覺得很自豪。
「謝謝你。因為我沒什麼機會穿這種衣服……太好了。」
愛理沙說完後微微一笑。
然後用有些泛紅的臉，抬眼看著由弦。
「由弦同學也，那個，打扮得很好看……看你打領帶，總覺得很新鮮呢。」
他們接下來要去的餐廳不是那麼高級的餐廳，只要穿「一般的正式服裝」就可以了，所以倒不是非打領帶不可。
不過由弦一方面也是為了鼓足幹勁，依然打了領帶。
由於由弦他們那所高中的男生制服是高領學生服，愛理沙還是第一次看到由弦打領帶的樣子。

「我覺得……你這樣看起來很成熟、很帥氣。」
「謝謝。」
由弦也有點害羞起來了。
儘管如此，今天對由弦來說是非常重要的日子。
不能一直興奮下去，忘了原本的目的。
「那我們走吧，愛理沙。」
由弦說完後伸出手。
接著愛理沙點了點頭，把自己的手輕輕放在由弦的手上。
「好的。」
由弦預約的餐廳，是開設在小有名氣的飯店裡的法式料理餐廳。
由弦和愛理沙在服務生引導他們進入的小包廂裡落坐。
「哇……好美喔。」
從窗外看見的夜景，令愛理沙不禁感嘆。
霓虹燈在黑夜中有如閃閃發光的寶石般散發出光芒。
總之她看起來很中意這裡，讓由弦鬆了一口氣。
「……那個，由弦同學。」
「怎麼了嗎？」

然而安心也只有短暫的一瞬間。

他一回神，便發現愛理沙的臉上浮現著擔憂的神色。

「這裡的……那個，價位該不會還滿高的吧？」

「不……還好喔。」

面對愛理沙的質問，由弦搖了搖頭。

至少以「高瀨川」的基準來說，這算是便宜的餐廳了。

不過……以由弦的打工薪資來說，倒是狠心地花了一筆大錢就是了。

「畢竟這是我的白色情人節回禮……而且妳平常總是幫我做便當，我受了妳很多照顧啊。」

「嗯……我知道了。」

可能是覺得一直客氣的婉拒，或是太擔心由弦的錢包狀況也很失禮吧。

愛理沙點了點頭。

就在他們聊著這些事情之際，服務生過來問他們要喝些什麼。

「妳要點什麼？愛理沙。」

「呃……因為我不太清楚有什麼……」

「這樣啊。」

由弦思考了一下之後回答服務生。

要喝礦泉水當然也可以，不過機會難得，他想讓愛理沙喝點好喝的東西。

「麻煩幫我們配合餐點，隨便調個雞尾酒……啊，當然是無酒精成分的那種。」

如果只有由弦一個人倒是無所謂，但可不能讓愛理沙喝酒，萬一身體出什麼狀況就糟了。

當然，這裡既然是正規的餐廳，要點酒精飲料時，服務生就會先確認他們的年齡，所以不會不小心提供酒精飲料給他們……

然而保險起見，他還是提醒了一下。

在服務生離去之後……愛理沙小聲地問由弦。

「雞尾酒當中也有沒有酒精的嗎？」

「是啊……說穿了就是果汁啦。」

不過說實話，由弦也不是很清楚。

跟愛理沙相比，由弦或許是比較習慣這種地方，但他依然是個人生經驗尚淺的十六歲少年。

況且……交給專家去安排，就會端出最好的東西。

在他們聊著這些事情的途中，餐點也陸續上桌了。

首先是開胃小點，也就是小菜。

「那麼，愛理沙。」

「……好的。」

兩人拿起了裝有雞尾酒的玻璃杯，輕輕乾杯。

接著兩人便一邊欣賞美景，一邊品嚐美味的料理。

雖然不到最高級的程度，但畢竟是高級餐廳，每一道菜的水準都很高。

「非常……好吃呢。」

說著這話的愛理沙笑眯了眼。

她嘴角上揚，眼尾微彎，綻放出笑容的表情……真的很可愛。

「我第一次來這裡，不過，嗯，很好吃呢。跟我看到的評價一樣。還是說，這可能是因為……」

「……可能是因為？」

「是因為跟妳一起來，我才會覺得好吃。」

由弦說完後，愛理沙便回了句「你真會說話」，開心地微笑著。

不過由弦說這話並非想說客套話就是了。

在那之後，由弦和愛理沙繼續談天說笑，品嚐料理……

最後享用了甜點，以及餐後的咖啡。

「不過……職業的廚師果然很厲害呢。」

愛理沙喝著咖啡，感慨地說道。

若是以一般的家庭式餐廳或是咖啡廳為對手，由弦會說愛理沙做的菜比較好吃，不過……實在沒辦法勝過高級法式料理。

「是啊。不過……我果然還是喜歡妳做的菜。」

「你又在說客套話了……」

「不，我說真的。而且真要說起來……每天吃這種東西，腸胃會負擔不了的吧。」

高級料理就是因為偶爾吃一次才顯得美味。

不是可以每天吃的東西。

家庭料理依舊有家庭料理的優點在。

「確實……你這樣說也沒錯呢。」

愛理沙微微一笑。

「那……我接下來也會努力的。」

「……嗯，往後也拜託妳了。」

接著由弦大大地深呼吸了一口氣。

挺直背脊，凝視著愛理沙。

看到由弦的表情突然變得認真，愛理沙不解地歪著頭。

「由弦同學？」

「……愛理沙，我想跟妳談談往後的事情，可以嗎？」

由弦一說完，愛理沙的表情便緊張了起來。
然後急忙坐直了身體。
「好、好的……是什麼事呢？」
「我跟妳……訂下了『婚約』對吧？那個……假的婚約。」
「這個……對。感謝由弦同學你的照顧。」
愛理沙這麼說並點點頭。
她的表情看起來非常緊張。
……用拐彎抹角的方式來說，徒增她的不安也不好。
由弦下定決心，站了起來。
他離開座位，走到愛理沙身邊。
「呃、呃……」
「愛理沙。我想……取消我和妳延續至今的這個虛假的『婚約』。」
愛理沙聽到由弦這番話，睜大了眼睛。
然後由弦單膝跪地，從口袋中拿出小小的盒子。
他把紅色的盒子面對愛理沙，靜靜地打了開來。
「然後我想……重新和妳定下正式的婚約。」
由弦對依然睜著那宛如寶石般的眼睛，僵住不動的愛理沙，肯定地這麼說。

※

那個瞬間……對由弦來說就像是永遠。

沉默掌控了現場。

簡直就像是時間靜止了一樣。

唯有兩人的心跳聲刻劃著時間的流逝。

「……好。」

微小的聲音劃破了寂靜。

然後愛理沙動了動她的唇，清楚地答覆了由弦的心意。

「我願意！」

說時遲那時快，愛理沙有如從椅子上摔落似的抱住了由弦。

由弦連忙接住愛理沙。

「婚約對象」，不，他的未婚妻身體非常柔軟、溫暖。

「你太晚才說了啦……由弦同學。」

「對不起……因為我想討妳開心。妳願意原諒我嗎？」

「嗯……我原諒你。這真的是最棒的求婚了。」

愛理沙說著稍微往後退了些，讓由弦看到了她的表情。
她翡翠色的眼睛裡泛著淚光。
「由弦同學，我喜歡你。」
「我知道……我愛妳，愛理沙。」
「嗯，我知道……我也愛你。」
兩人第一次把心中的愛意說了出來，向彼此確認。
然後又再度擁抱。
像是要更深刻地感受彼此的溫度、柔軟。
像是要確認彼此的心意、好感、愛意。
像是絕對不會放開對方，互相束縛著彼此。
他們用力地用雙手讓彼此的身體緊緊相依。
那是宛如糖水般甜蜜又令人陶醉的時光。
讓人想要永遠泡在這甜美的甘露中。
可以的話，他們真想永遠……待在這兩人世界裡。
……不過他們還是不得不結束這時光。
「愛理沙，妳站得起來嗎？」
「……可以。」

先站起來的由弦溫柔地牽起未婚妻的手。
愛理沙握住未婚夫伸出的手，緩緩站了起來。
兩人的臉像是發燒了一樣，紅通通的。
「那個，由弦同學……可以拜託你嗎？」
愛理沙說著，朝由弦伸出了左手。
由弦牽起她的手。
然後在她白皙、纖細、美麗的無名指上……戴上了戒指。
「……我們結婚吧，愛理沙。我一定會讓妳幸福的。」
由弦再度鄭重地對愛理沙這麼說。
愛理沙露出了笑容，用力點頭。
「好的！請多指教！」
愛理沙接受了由弦的心意。

回程的路上。
和平常一樣，由弦會一路送愛理沙回到家。
和平常不一樣的，只有兩人的關係從假的「婚約對象」變成了普通的未婚夫妻。
「我有猜到應該會發生什麼事……不過完全沒想到你會向我求婚。」

愛理沙踏著雀躍的腳步，用開朗的聲音如此說道。
可能是還有些興奮吧，她白皙的肌膚仍帶著些許紅暈。
「妳高興那就再好不過了……妳看，妳之前不是有說過嗎？說妳喜歡羅曼蒂克的告白……所以我試著努力了啦，妳覺得怎麼樣？」
「棒得沒話說。」
愛理沙開心地讓雙手手掌交扣在身後，轉身對由弦這麼說。
臉上滿是宛如花朵綻放般燦爛的笑容。
（啊……我想看到的就是這個。）
努力得到了回報。
由弦也感覺到自己的表情自然地軟化了。
「……是說，由弦同學。」
「怎麼了？愛理沙。」
「你花了多少錢？」
用認真的表情。
愛理沙窺視著由弦的臉，如此問道。
和剛剛不同，由弦發現愛理沙的語調稍微改變了。
「咦？不……這不是妳需要在意的事……」

「我是由弦同學的未婚妻喔？」
愛理沙邊說邊逼近由弦。
「我有權利知道你在哪裡花了多少錢。特別是……跟我有關的事情，更是如此。我有說錯嗎？」
「……說得也是。」
由弦搔搔臉頰……
把金額告訴了愛理沙。
「呃～——萬元左右吧？」
「……」
「不是，妳放心啦。這都是用我打工的薪水……」
「由弦同學……」
叩。
愛理沙輕輕敲了由弦的頭。
愛理沙一副傻眼的樣子。
「那不是高中生該花的金額吧……你在想什麼啊？」
「沒啦，因為訂婚戒指比我想像中的還貴……」
「這個……雖然我真的很高興，不過還有其他選擇不是嗎？你看，像是玫瑰花之類的……不用買到鑽石戒指吧……」
愛理沙無奈地說道。
由弦則是開口向愛理沙解釋。
「妳看嘛，妳之前……有說過吧？五大珠寶商什麼的。」
「你、你就把我那番話照單全收了嗎？不、不是……雖然我很高興你記得我說過的話……」
聽了由弦的話，愛理沙有些害羞地玩著頭髮這麼說道。
似乎是認為自己有喜歡名牌這種庸俗的喜好很丟臉。
「是說那個，真的只要——萬元就夠了嗎？」
「嗯，如果是便宜的品項……說是這樣說，我想品質應該是不差啦。」
「這我看就知道了……真的很謝謝你。」
愛理沙這麼說，開心地看著無名指上的戒指。
嘴角微微上揚……說穿了就是在傻笑。
看來收到了名牌貨還是讓她相當高興。
「不過由弦同學。」
可是愛理沙又立刻收起了傻笑的表情。
她雙手扠腰，以一副擺明就是在說「我生氣嘍」的表情看著由弦。

「你不可以再花這麼多嘍？」

「如果是為了妳……」

「我很高興你有這份心，可是我允許你這麼做的話，你感覺就會無止盡花下去不是嗎！」

確實，只要想到是為了愛理沙，他會毫不猶豫地拿出幾十萬吧。

不如說他還有可能會覺得這算是便宜的了。

「我真的很高興由弦同學的這份好意……可是金錢有限。最重要的事……感覺我會因此墮落……」

「唉，的確，妳如果拜託我，我是無法拒絕的。」

「就是這個啊！這個！請你拒絕我！那個……由弦同學說不定以為我是個意志堅定，或是生活簡樸，不會敗給慾望的人，可是我想我其實是那種一不小心，就會管不住錢包的那種人……」

愛理沙害羞地垂下視線說道。

不過由弦雖然認為愛理沙是「意志堅定的人」，卻不認為她是生活簡樸，不會敗給慾望的人。

要說為什麼的話……

「嗯，因為妳還滿喜歡名牌或是高價的商品嘛。」

「唔……別、別這樣。這種事情被人明白地說出來，我……」

「這也沒什麼好丟臉的吧。我妹妹跟我媽也都很喜歡名牌喔。」

簡單來說，算是「有錢人家」的高瀨川家的眾人，愛花錢的程度也與他們的家世相當。

不會花大錢在沒興趣的東西上，但相對地一旦碰到喜歡的東西，甚至連標價都不看的，正是由弦的妹妹和母親。

而對妹妹和母親的治裝費略有微詞的父親，也會買根本不開的進口車。

就連心裡覺得車這種東西有台休旅車就夠了的由弦，在生日時也會要求家人買有一定價位的手錶給他。

家裡養的四條狗也非常花錢。

由弦的兒時玩伴亞夜香和千春同樣會花不少錢在添購衣服或飾品上。

所以對由弦來說，愛理沙的喜歡名牌還算是小事一樁了。

不如說他認為這是合理的欲望。

「別、別這樣……我對和你的結婚生活唯一的擔憂，就是這一點啊。在要用的時候沒有可以動用的錢，這樣真的很危險。」

「……嗯，既然妳都說到這份上了。說是這樣說，不過再怎麼早結婚，也得等高中畢業……也還早就是了。」

還在念高中時就結婚，外界會有不好的觀感。

比照一般常識的話，至少也要等高中畢業，依狀況來看，說不定要等大學畢業吧。
「說得也是……我話好像說得太早了。」
愛理沙害羞地笑了笑。
由弦也不禁跟著笑了。
兩人牽著手走在夜路上。
要是兩人獨處的時間可以永遠持續下去就好了。
兩人心裡雖然這麼想……可是越往前走，就越接近離別的時刻。
「由弦同學，關於這個婚約的事……我可以告訴養父嗎？」
愛理沙在自家門口這麼問由弦。
由弦用力地點點頭。
「當然，把我真的愛著妳，想跟妳結婚的事情……告訴岳父吧。我也……會把這件事情告訴我父親的。」
至今為止，由弦和愛理沙對外基本上算是彼此暫定的婚約對象。
然而由弦想把兩人的關係升格為正式的婚約對象。
這樣一來，往後高瀨川家就會積極把愛理沙介紹給高瀨川家的親戚或是商務往來對象……
由弦出席公共場合時，也可以稱愛理沙為自己的伴侶。

這樣由弦和愛理沙就是名副其實的未婚夫妻了。

「我知道了。那麼由弦同學……明天學校見。」

「嗯，再見。」

而最後兩人又依依不捨地擁抱在一起。

將彼此的體溫、心意，確實地刻劃在心中。

當然，就算訂下了婚約，兩人的關係也不會突然有什麼改變。

只是從假的「婚約對象」變成了真正的婚約對象而已。

他們接下來恐怕還是會過著與之前相去不遠的每一天吧。

儘管如此……

兩人的關係依舊往前踏出了一大步。

epilogue 尾聲

「我回來了。」

和由弦道別後，愛理沙帶著仍有些興奮的心情，打開門走進了家裡。

不久之前回家還會讓她覺得有些憂鬱……可是現在也不盡然如此。

這是因為養母不會再對她施暴，挖苦她的次數也變少了。

多半是害怕得罪由弦，嚴格來說是怕惹高瀨川家不高興吧。

養母雖然對愛理沙和由弦的婚約很不滿，可是理性上也知道，為了自己丈夫的事業，這是無可奈何的事。

所以要說家裡有什麼會讓愛理沙討厭的事……

「歡迎回來，愛理沙！」

「……嗯。」

聽到愛理沙回來，立刻有反應並跑過來的男人。

是天城大翔。

他現在因為大學在放春假，所以回到老家。

「他沒對妳做些什麼吧？」
好了，他又誤會了些什麼吧。
這個表哥似乎認定愛理沙很討厭由弦，一點都不想結婚。
……愛理沙之前不想相親、不想結婚的確是事實，所以這點她也不否認。
可是那是過去的事了。現在愛理沙對由弦有強烈的好感，是真心想要和由弦結婚。
所以他的擔心完全是多餘的。
不過……即使愛理沙已經說明過很多次了，他依舊聽不進去。
所以愛理沙已經放棄了。
「沒什麼……就只是普通地吃飯而已。」
他有對妳做些什麼嗎？
要這樣問的話，那的確是有。
沒錯，他對我求婚了。
愛理沙用手遮著快笑出來的嘴，冷淡地回應大翔。
告訴大翔由弦向她求婚的事情也沒有意義。
愛理沙真的必須告知的對象，是她的養父，天城直樹。
他今天會回家來嗎？
愛理沙邊想邊脫下鞋子，走進家中。

這時……

「妳回來了啊，愛理沙。」

「是……我回來了。」

直樹到門口來迎接了愛理沙。

就在愛理沙想著他這舉動還真稀奇時……

「……愛理沙，我有事要找妳談談。」

愛理沙沒來由地有股不好的預感。

這個預感……和以前直樹主動問她「妳有興趣去相親嗎？」的時候一樣。

「……好的，我知道了。」

可是她也不能拒絕。

愛理沙稍稍點頭。

愛理沙的養母和表妹芽衣早就坐在客廳裡了。

兩人都坐在桌子旁邊，喝著熱茶。

看來她們也要參加這次的談話。

（像這樣把全家人都找來……他要說什麼呢……）

愛理沙心中湧上了一股難以言喻的不安。

她用力握緊了戴在無名指上的戒指。

「既然愛理沙回來了，那就切入正題吧……關於愛理沙和由弦的婚約。」

噗通，愛理沙的心臟猛跳了一下。

愛理沙感覺到自己的背上冒出了冷汗。

「愛理沙。」

被直樹叫到名字的愛理沙挺直了背脊。

「……是。有什麼事呢？」

「如同我之前跟妳說過的……我沒打算硬逼妳結婚。所以妳不願意的話，還是可以取消這個婚約的。」

為什麼……都事到如今了，他卻開始說起這種話呢？

愛理沙的腦中不斷浮現出各種討厭的想像。

該不會是……直樹改變了立場，反對愛理沙和由弦結婚吧。

他果然還是不想讓身為養女的自己，而是想讓親女兒芽衣和由弦結婚。

「……我沒有不願意。況且取消婚約的話……會給由弦同學和高瀨川家的人添麻煩吧？也會造成直樹姨丈你的困擾……」

「這確實不是我所樂見的結果，不過現在還來得及。因為現在還不是正式的婚約，只是暫定而已。再加上……」

直樹看向自己的女兒，也就是愛理沙的表妹芽衣。
還是小學六年級生的她點了點頭。
「要是愛理沙姊姊覺得有困難，還有我在。」
芽衣平淡地回答。
而彷彿贊同芽衣的這句話……感覺很高興的天城繪美——愛理沙的養母拍了一下手。
「對高瀨川先生來說，比起愛理沙這個養女，芽衣應該更合適吧。」
她說完後看向愛理沙。
那帶著強烈敵意的視線，讓愛理沙不禁縮了縮身體。
「愛理沙。妳不願意的話就說不願意，不會有事的。」
大翔用溫柔討好的語氣說道。
可是他的聲音完全傳不進愛理沙的耳裡。
（這、這是怎樣……到底是怎麼回事？）
從幸福的頂點。
墜落到絕望的谷底。
她有種自己頭上腳下，遭人打落絕望深淵的感覺。
她完全無法掌握眼前的狀況。
愛理沙唯一知道的是……照這樣下去，她就沒辦法跟由弦結婚了。

「……不、不會，我真的沒有問題。那個，而且……取消已經持續了一年的婚約，果然還是會給大家添很多麻煩吧。更、更何況，要芽衣來代替我，這也不太好……」

愛理沙拚命地尋找不該取消她和由弦的婚約的理由。

然後提出了不可以犧牲芽衣的說法。

然而……

「我不介意。」

芽衣明確地這麼說。

愛理沙不禁啞口無言。

既然芽衣都說不介意了，那就沒有非得由愛理沙和由弦結婚的理由了。

「雖然我只看過照片，不過高瀨川先生非常帥氣，而且……既然對方家裡很有錢，我沒什麼不滿之處。當然……如果愛理沙姊姊『喜歡』高瀨川先生，真的『想和他結婚』，那又另當別論了……畢竟我也不想搶走愛理沙姊姊的心上人。」

芽衣說完後用眼神對愛理沙示意。

喜歡還是不喜歡，想結婚還是不想結婚。

妳也差不多該說清楚了吧？

芽衣的視線彷彿這麼說。

「可、可是……畢竟由弦同學好像喜歡我。我想對象果然還是必須要是我吧！」

指名要愛理沙的人是高瀨川由弦。

由弦迷上了愛理沙，想和她結婚。

愛理沙拿出了對自己來說最強大的武器。

表示芽衣是無法代替她的。

然而……

「這理由太奇怪了吧！」

激動地說出這句話的人是大翔。

「愛理沙沒必要因為那傢伙……由弦喜歡愛理沙，就得去配合他，也沒道理非得和他結婚不可！其實……也不是非要愛理沙不可對吧？爸爸。」

直樹點頭肯定了大翔的提問。

「是啊……至少對高賴川家來說，沒有理由非要愛理沙不可。對於由弦……唉，雖然有些抱歉，可是愛理沙不情願的話，我也不能勉強。至少……我不打算強迫愛理沙。對方應該也能體諒吧……若是不能體諒，我也會說服對方的。」

一步一步。

簡直就像是將棋的排局。

愛理沙感覺到自己的退路，以及通往與由弦的幸福結婚生活的道路都被堵住了。

「我、我……」

得說點什麼才行。
不說的話，由弦真的會就這樣被表妹給搶走的。
愛理沙面色發青，顫抖著想要出聲時……
「愛理沙，放心吧。沒事的……大家都沒有要逼妳結婚。妳可以老實說，沒關係的。」
大翔的發言蓋過了愛理沙的聲音。
不知該如何是好的愛理沙默默地低下頭來。
「……那我就照這個結論去進行了，可以吧？」
直樹像是保險起見，又問了愛理沙。
腦袋變得一片空白的愛理沙什麼話都答不出來。
「那話就說到這裡了。」
說完後，直樹站起身。
話題到此告一段落。繪美很開心，大翔似乎放心了，芽衣……則是一臉受不了的樣子。
三人紛紛從沙發上起身。
愛理沙就只是默默地坐在沙發上，低著頭……
「我……不要……」

她硬是擠出了這句話。

原本打算離開現場的直樹停下了腳步。

※

「我……不要……」

擠出這句話之後，家人的視線全都尖銳地刺在愛理沙的身上。

愛理沙不禁縮了縮身體，覺得很害怕。可是……

（由弦同學……！）

她用力地握緊了訂婚戒指。

確認著化為有形的物質存在於此，來自由弦的真切愛情。

「妳不要……說得也是，愛理沙，結婚這種事……」

「我不是這個意思。」

愛理沙打斷了大翔的話。

然後用清晰的聲音說了。

「我不要取消和由弦同學的婚約！」

對於這句話，每個人有著不同的反應。

繪美不悅地皺起了眉頭，芽衣臉上浮現了些許笑意，直樹驚訝地睜大了眼，大翔則是……

「愛、愛理沙？妳在說什麼啊……妳沒必要勉強……」

「吵死了！請你這個不相干的人別說話。」

「不、不相干……」

愛理沙無視因為她這句出乎預料的失禮發言而退縮的大翔，轉身面向直樹。

一雙翡翠色的眼睛盈滿淚水，愛理沙堅定地對直樹開口說道。

「我想和由弦同學結婚……就算你說不行，我也絕對要和由弦同學結婚！」

愛理沙按耐著恐懼，清楚地把自己的想法告訴了直樹。

她很害怕對直樹表達自己的意見。

可是比起這點……她更怕自己跟由弦之間的關係被拆散。

「這孩子，都到這種時候了，還在說這種任性話！」

繪美氣得聲音顫抖，走向愛理沙。

而愛理沙則是……眼眶含淚地瞪著繪美。

愛理沙意料之外的反抗，讓繪美停下了腳步。

這是因為如果是平常的愛理沙，一定會默默低下頭，任由繪美處置。

「這、這孩子……那眼神……」

「住手。」

直樹可能是回過神來了吧，他連忙阻止繪美。

他用力地抓住了繪美的手臂。

然後瞪著繪美。

「我應該說過很多次，不准對愛理沙動手了……妳聽不懂嗎？」

「……不，抱歉。」

「這話妳該對愛理沙說。」

直樹這句話讓繪美不悅地皺起了眉頭。

可是她無法違背丈夫說的話吧，繪美轉身面向愛理沙。

「……我一不小心就發了脾氣。對不起。」

「……沒關係，我不介意。」

愛理沙隨便地接受了她毫無誠意的道歉。

因為愛理沙現在根本沒空理會她。

「直樹姨丈……我喜歡由弦同學。我愛他。我是真心地想要和他結婚。」

愛理沙這麼說完後，給他看了自己的左手。

在她無名指上閃閃發光的訂婚戒指。

直樹再度因為驚訝而睜大了眼睛。

不僅直樹。
繪美也摀著嘴。
而大翔……因為大受衝擊，身體像石頭一樣整個僵住了。
「這是由弦同學今天給我的。他說希望我們能正式訂婚，向我求婚了。我……答應了他的求婚。」
愛理沙這樣說著，臉頰微微泛紅。
她的嘴角忍不住上揚，差點就要笑了出來……不過現在不是曬恩愛的場合。
「我原本……確實是不想去相親。覺得高中生就要談訂婚這種事，我根本無法想像……不過現在不同了。我喜歡由弦同學，想和他結婚……拜託你了，請你認可我和由弦同學的婚事。」
愛理沙說完後深深地低頭行禮，拜託直樹。
直樹……沉默不語。
要是他說不行該怎麼辦？要是他生氣了怎麼辦？
難以言喻的不安感襲向愛理沙。
愛理沙的心臟猛烈跳動著，她甚至懷疑自己的心臟是不是要炸裂開來了。
「……很久沒聽到了呢。」
愛理沙抬起頭。

直樹……和愛理沙想像中的不同，露出了非常溫和的表情。
看起來似乎很高興的樣子。
「呃，這意思是……」
「不是，抱歉……我只是有些驚訝，覺得很久沒聽到妳這麼明白地說出自己的意見了。」
直樹這樣說完後……慢慢地彎下腰。
愛理沙一開始還不知道直樹這是在做什麼。
沒錯，直樹他……
是在對愛理沙鞠躬致歉。
「抱歉。沒注意到我是在強逼妳去相親。」
「咦，咦咦？呃……那、那個，別、別這樣……請你把頭抬起來吧！」
面對直樹和平常完全不同的態度，愛理沙顯得手足無措。
這是因為在愛理沙的心中，直樹……無論是好是壞，都是具有威嚴，在家中握有絕對權力的「父親」。
「我應該再多和妳溝通的。是我太愚昧了。原諒我吧。」
「我、我知道了……那個，我願意原諒你，所以……」
請你把頭抬起來吧。

愛理沙說完後，直樹緩緩地抬起頭。
「對我來說，強迫妳結婚絕非我本意。在這個前提下，我再問妳一次……妳想和由弦結婚嗎？」
「是的。」
愛理沙明確地回答了直樹的問題。
她正面直視著直樹。
這樣啊。直樹靜靜地點了點頭。
「我知道了。既然這樣……我會以父親的身分，聲援妳的戀情的。」
直樹這番話讓愛理沙不禁臉紅起來，別開了視線。
到了現在，她才對自己大聲說出了對由弦的愛意一事感到害羞起來。
「戀、戀情什麼的……」
「嗯……？不是這樣嗎？」
「是、是這樣沒錯！」
愛理沙滿臉通紅地對著疑惑的直樹大聲說道。
接著她明白地對直樹說出自己的想法。
「請向高瀨川家、高瀨川先生說，我希望可以正式確定自己和由弦同學的婚約。」
聽愛理沙說完後，直樹重重點頭。

於是……愛理沙和由弦的婚約，就這樣正式得到天城家的認可了。

「喔～你們果然打得很火熱嘛。愛理沙姊姊。真是的，妳一開始老實這樣說不就好了……祝你們百年好合，爆炸吧。」

「別、別這樣啦，芽衣！不要戲弄我！」

※

在那之後……經過了一週左右的時間。

有某人來敲了敲愛理沙的房門。

「我在，有什麼事嗎？」

是芽衣嗎？愛理沙這樣想著，打開了門之後……

「直、直樹姨丈……」

站在她房門外著的人是天城直樹。

愛理沙雖然不像以前那麼怕他了……但依舊不太擅長面對他。

因為他總是板著一張臉，讓人摸不清他在想什麼。

「關於妳和由弦的婚約，我們雙方已經有共識，要正式推進了。如果沒什麼特殊狀況——這是指你們兩個沒有改變心意的意思就是了，事情沒演變成那樣的話，這樁婚事就不會取消吧。」
天城直樹淡然說道。
雖然他的聲音還是跟平常一樣，不帶感情又平板……但他有以自己的方式，盡量溫柔地說話了……吧？愛理沙如是想。
「……然後我想再重新找妳談談，可以嗎？」
「談談嗎？呃……是什麼事呢？」
「唉，這個……有很多事情。」
天城直樹這麼說，視線瞬間游移了一下之後……
「啊……不，至少不是什麼會不利於妳的事。」
他連忙解釋。
儘管直樹給人的感覺和平常略有不同，讓愛理沙有些不知所措……
「喔、喔……不，我是不介意啦……」
她還是點了點頭，和直樹一起走到了客廳。
愛理沙順著直樹的引導坐下。直樹也隔著桌子，坐到了愛理沙的正對面。
「……這話說來有點長。」
直樹這樣說完後，將熱茶倒入事先準備好的愛理沙的茶杯中。
愛理沙戰戰兢兢地向他稍微行禮致謝。

「呃……所以是要說什麼事呢？」

「這個嘛……」

天城直樹雙手盤在胸前，閉上雙眼……稍微沉思了一下子之後，慢慢開始說了起來。

那是相當久以前的事……是愛理沙的父母過世時的事。

當時為了誰要領養愛理沙的事情，稍微起了一點爭執。

首先，愛理沙父親這邊的祖父母——也就是雪城家，都已經不在人世了。

母親這邊的外公外婆雖然還建在，可是兩人在自己的女兒——也就是愛理沙的母親和天城繪美都嫁出去之後，便移居到俄羅斯。

所以愛理沙只有寄住在俄羅斯的外公外婆家，或是由天城家收養她這兩個選擇。

而說實話，天城直樹並不想收養愛理沙。

不過……

「……是繪美說她想收養妳的。她說讓妳到外國去生活實在太可憐了。」

「……哦。」

為什麼跟我有血緣關係的繪美討厭我，這個家還會收養我呢？

對於經常思考著這個問題的愛理沙來說，這是個有些意外的答案。

不過仔細回想起來，好像……曾經有人問過她「妳比較想在日本跟阿姨一起生活，還是去俄羅斯跟外公他們一起生活？」這樣的問題。

既然她現在在這裡，就表示愛理沙選了前者吧。

「而收養妳的條件……是照顧妳的事情要由繪美全權負責。唉……就是這點不好吧。結果等於是把照料三個孩子的事全都推給了繪美。要是我再多注意一點，事情又會不一樣了吧……」

「……」

愛理沙不發一語地低著頭。

愛理沙討厭天城繪美，不可能喜歡上繪美。

她認為自己的各種心理陰影，還有現在變得內向的個性，全都是繪美造成的。

不過雖然她是現在才試著去回想，但是以前的愛理沙個性並不好。

儘管這樣說會讓人懷疑她現在的個性有比較好嗎？但至少當時的她不懂得什麼叫做客氣跟修飾。

會說任性的話、鬧脾氣、挑食、嫌東西不好吃，也很沒規矩……以這種意義上來說，她完全就是個沒家教的孩子。

所以加上這些原因，個性上比較容易自責的愛理沙認為自己也有不對的地方。

聽說一開始是繪美主動說要收養她之後，愛理沙更是這麼想了。

起初雖然覺得她是個可憐的孩子，然而在管教任性的愛理沙的過程中，繪美漸漸地將她的身影和自己最討厭的妹妹重疊在一起……

愛理沙可以想像得出這些繪美的心境變化。

當然即使事情如此，她還是討厭天城繪美，不可能因此喜歡上她就是了。

「等我發現時已經太遲了。不過……都收養妳了，我覺得自己有義務要讓妳過得幸福。同時我也有著必須重振天城家的責任在身。所以……我才會去找能夠同時滿足這兩個條件的婚事……問妳要不要去相親。」

要是愛理沙和家世良好的對象訂了婚，未來就有保障了。

對天城家來說，倘若能和有權有勢的對象攀上關係，也有很大的好處。

當時的直樹認為，可以達成這兩件事的「策略婚姻」是最好的手段。

所以才會對愛理沙提議。

問她要不要去相親看看。

「當然……我沒有打算強迫妳。畢竟時間很充裕，沒理由要急著進行。倘若沒有妳中意的對象，那也沒關係。而且我本來是想，如果妳說不想去相親，覺得很麻煩，我就不會再去物色婚事了。」

「是……這樣啊。」

原來如此。愛理沙點了點頭。

現在回想起來，不管愛理沙拒絕了多少椿婚事，直樹都沒有生氣。

當然，因為直樹的表情缺乏變化，在愛理沙眼裡看起來是「他很不高興」的樣子。

「因為妳說願意去，我就誤以為妳也想要去相親。我真是太愚蠢了。明明站在妳的立場來看，妳根本沒辦法拒絕。追根究柢，十五歲的女孩子……怎麼可能會想去相親，這種事情我只要冷靜下來想一想就該發現的……」

直到大翔對我這麼說之前，我都沒意識到……直樹是這樣說的。

根據直樹的說法，高瀨川家曾向他抗議大翔唆使小林祥太（跟蹤狂）的事情。

而他照著抗議的內容去斥責大翔時，大翔對他說了這些話……事情的經過大概就是這樣。

也就是說，直樹之所以會突然說「妳該不會不想要這個婚約吧？不想要的話可以取消」這種話，全是因為大翔的發言。

這個人真的只會做些多餘的事。愛理沙在內心不悅地「嘖」了一聲。

「妳明明就已經有喜歡的人了。會不想去相親也是無可奈何的事啊……」

「……咦？喜歡的人？」

「我是指由弦。妳是因為喜歡他……才會答應和他訂婚的吧？」

「咦？啊，這個，是……」

愛理沙的視線不禁四處飄移。

老實說當時愛理沙還不喜歡由弦，所以在這個意義上，大翔的話只是「說得太遲了」，然而「沒有說錯」。

愛理沙稍微猶豫了一下……終究還是沒辦法向誠實地把事情都告訴自己的養父撒謊……

「其實是……」

於是把假婚約的事情全盤托出了。

而另一邊，得知真相的直樹驚訝地睜大了眼……接著消沉地垂下肩頭。

「這、這樣啊……原來是這樣啊。我居然把妳逼到這種地步……」

「不、不會……不是，那個……以結果來說，我喜歡上了由弦同學，所以該說結果是好的就好嗎……我、我真的很感謝你幫我安排了和由弦同學的婚事……」

如果沒有這場相親，愛理沙跟由弦的交情就不會變好，不可能成為情侶吧。

也沒辦法交到像亞夜香、千春、天香那樣的朋友。

愛理沙想必到現在，還是會在「要好的女性朋友小圈圈」裡縮著不敢表現自己，過著無法安心的高中生活吧。

「那個，去相親本身也算是很好的人生經驗，所以……」

「我很高興能到聽妳這麼說，不過……」

直樹說完之後又深深地低下頭。

「真的很抱歉。」

「嗯、嗯……」

愛理沙認為自己如果說「沒這回事」之類，兩人只會在這話題上僵持不下，便老實地接受了他的道歉。

「我不知道這樣能不能算是贖罪……不過我會全力支持妳和由弦的戀情的。要是有什麼我能幫上忙的事情，我都願意幫忙。有什麼我能做的事情嗎？」

「咦？能、能做的事情嗎……？」

愛理沙對直樹的錯誤印象已經化解了。至少她現在不認為直樹是個可怕的人。

即使如此，依舊沒有任何姨丈能幫上忙的事情。

「那個，我覺得戀情是要靠自己去經營的……」

「這樣啊……那麼，除此之外有什麼我能做的事情嗎？」

「除此之外嗎？這個……」

總之她不說點什麼的話，直樹就會繼續問下去吧。心中這麼想的愛理沙思考了一下……

然後忽然想到自己平時就總是在想的事情。

「雖然是不只和直樹姨丈有關……而是關於這整個家的事情，可以嗎？」

「嗯，不管是什麼都行。」

「自己用過的餐具麻煩自己收拾自己洗。」

「我、我知道了。」

「還有，這個雖然只限於男性……不過請你們坐著上廁所，不要站著上。然後……浴室和廁所的打掃工作現在都落在我和繪美阿姨身上，不過大翔哥哥在家的期間請讓他去幫忙打掃，反正他也是閒著沒事。另外芽衣也快上國中了，請叫她也一起幫忙做家事。直樹姨丈也是，有空的時候請你至少幫忙掃個廁所。再來就是……」

「……」

天城家的規矩就這樣做了大幅的改訂。

※

春假。

由弦回到了老家。

由弦穿著用來代替睡衣的和服，走在檐廊上時……

「你在喝賞月酒嗎？爸爸。」

「是啊，因為今天的月色很美。」

舉起手上的酒杯並答覆他的是由弦的父親。

高瀨川和彌。

玻璃製的酒杯中裝著散發金黃色光芒的酒液。

身為混血兒的他穿著和服坐在檐廊喝酒的樣子……

不可思議地看起來很有那麼一回事。

「既然是賞月酒，不是該喝日本酒嗎？」

由弦邊說邊在和彌的身旁坐下。

接著和彌便用有些鬧彆扭的語氣回道。

「有什麼關係？我比較喜歡喝這種酒。」

而和彌配著當下酒菜的，是幾個小時前由弦也吃過的燉小芋頭……晚餐的剩菜。

「喝威士忌居然是配燉小芋頭。」

「因為你媽跟我說要喝酒的話，就順便消化一下剩菜啊……」

「哈哈……」

他的腦海中浮現了母親把剩菜推給父親的樣子。

和彌絕對不是那種在妻子——彩由的面前抬不起頭的那種男人，不如說彩由對和彌相當恭順……

不過這種情況下和彌似乎沒辦法強勢地拒絕妻子。

「你現在有空嗎？」

「嗯……算閒著吧？」

「那稍微聊聊吧。你也坐到這邊來？」

和彌這樣說完後，除了自己用的玻璃杯外，又拿出了一個杯子……

往杯裡倒了礦泉水。
在由弦坐過來的同時，和彌開始說了起來。
「你送了訂婚戒指給愛理沙小姐吧。我從天城先生那邊聽說了。」
和彌說完之後苦笑。
「你好像送了不錯的東西給人家嘛……應該費了一番苦心吧？」
「這，唉……儘管如此，既然要作為訂婚戒指送給人家，我想還是得買好一點的東西比較好。」
「嗯……雖然說重要的是心意，不過禮物本身的品質和為此所費的勞力，也會成為對方用來評判心意的指標。」
和彌笑瞇了眼，接著問由弦。
「話說我保險起見，還是問你一下……你知道以『高瀨川家』的立場，得再買正式的訂婚戒指吧？」
「這個……那當然。我想愛理沙也想自己挑訂婚戒指吧。那個……我是當成求婚戒指來送給她的。」
由弦這樣回答之後，和彌滿意地點了點頭。
「你知道那就好……再怎麼說你也是高瀨川家的繼承人，送一般市面上的東西給婚約對象，實在不太好。」

由弦送給愛理沙的戒指絕對不是便宜貨。

不如說以高中生靠打工的薪水買下的東西來說，實在是太昂貴了。

可是對於「高瀨川家」來說，那算是一般的便宜貨。

「這種事情，該怎麼說呢……」

「你有什麼不滿的地方嗎？」

「不是，唉，這個嘛。東西也不是越貴就越好吧。」

由弦回答後，和彌用像是要開導他的語氣開口說道。

「不過對於要送給重要的婚約對象，如此重要的訂婚戒指……」

「送了便宜貨當訂婚戒指的男人，真的會借貸資金給我們嗎？真的會出錢投資嗎？下任當家根本就超小氣的嘛……要是讓人家留下這樣的印象就不好了，你想說的是這個吧？我知道。」

由弦打斷和彌的話這樣說完之後，和彌高興地揚起了嘴角。

「你很清楚嘛。錢沒了，交情也就斷了。沒有人願意理會或協助沒辦法給自己帶來實質利益的對象。」

「這世上也有錢買不到的人際關係吧？」

由弦半是反抗，半是開玩笑地說完後……

和彌誇張地聳聳肩。

「真意外。你想和那些當政客、投資人、媒體、官員的叔叔阿姨們，培養出深刻的愛情與友誼嗎？我不會阻止你啦。」

「不、不是……這方面倒是維持光靠金錢往來的關係就好了。」

由弦苦笑著說完之後，和彌心情很好地拍了拍由弦的背。

「那很好。畢竟所謂的友情和愛情，都是因為有錢才顯得尊貴，真出了什麼萬一之際，錢才是最可靠的。這你要記好了。」

「這你不說我也知道。」

由弦簡短地回答後，把玻璃杯拿到嘴邊。

他喝著礦泉水……忽然想到了愛理沙的事。

「不過說到重要的對象，關於愛理沙啊。」

「怎麼了？忽然跟我炫耀起來。」

「爸爸你知道多少？」

由弦用跟剛才相比略微低沉了些的語氣問父親。

和彌的臉上仍帶著笑意，可是眼神非常冷靜地回應由弦。

「你所謂的知道是指？」

「愛理沙的家庭狀況。」

「一點點。」

真的只有一點點……氣氛變得緊張了起來。

「愛理沙的家庭環境實在說不上好。她的阿姨有對她施暴。」

「……哦，這是真的嗎？」

「少裝傻了。連我都知道的事情，你不可能不知道。」

由弦冷靜地反駁他。

「她可是要許配給高瀨川家繼承人的對象。你當然……在事前就查清人家的底細了吧？你不可能沒做這件事。」

要成為高瀨川家下任當家妻子的人，不能有任何「問題」。

身高、體重、三圍、是否有宿疾、學歷、個性、思想、宗教、過去，以及人際關係……

他一定有徹底地調查過這些事情。

其中當然也包含家庭環境。

就連由弦都能輕鬆察覺的事情，和彌和祖父宗弦不可能沒有發現。

「你明明知道卻什麼都沒做，什麼都沒有告訴我吧。」

由弦用責怪的語氣說道。

而和彌則是……

「因為我想這種事就算我不特別說，你也會知道的。」

乾脆地承認了自己知情不報的事實。

然後苦笑著說道。

「真要說起來，就算沒有調查，光看她的表情和態度就知道了。她不想要結婚，還有害怕養父母的事情，全都一眼就能看穿了……不知道還比較奇怪吧？再說你也馬上就發現了，所以我才認為沒有必要特地告訴你。」

就連人生經驗還不夠豐富的由弦都知道了。

遠比由弦累積了更多人生經驗的和彌不可能看不出來。

「你不是總是跟我說要好好保持密切的溝通與聯繫嗎？」

「唉，我是有這樣說沒錯……可是我擔心你會受傷啊。明明找了如你所願的……雖然不完全符合，但是接近你期望的女孩子來了，那女孩卻很抗拒和你結婚……」

由弦本來也就不想訂婚，所以是不覺得受傷。

不過為人父母，在某種程度上會擔心兒子也是理所當然的……

儘管如此，還是該把婚約對象在家庭環境中可能受到了虐待的事情，當成重要的情報告訴他吧。

就在由弦打算這樣追問和彌時……

「而且我不認為這是那麼重要的事情。」

和彌一點都不覺得自己哪裡有做錯，乾脆地這麼說。

「重要的是她是天城家的女兒……不對，真要說起來，我們家其實沒有要拘泥於天城家女兒的理由。畢竟也不是說不跟她結婚，就會影響到我們兩家之間的交易。」

作為一個人，以及作為兒子的婚約對象來看，和彌個人是很中意雪城愛理沙的。

可是……

他從愛理沙身上能找出的價值，只有她是天城直樹的親人，以及就算沒有完全符合兒子提出的難題（任性要求），但已經非常接近的這兩點。

「不是重要的事情嗎？」

「當然，如果天城先生討厭愛理沙，不把她當成一回事，那就是問題了。其實……在剛開始交涉時，他問我兩個女兒中，讓和我們家兒子年齡相近的那一位來相親如何之際，我還覺得他是瞧不起我呢。在想他是不是要把『不需要』的那一個女兒塞給我們。」

站在和彌的立場，比起和天城直樹沒有血緣關係的愛理沙，有血緣關係的親生女兒天城芽衣是更適合的對象。

所以他才會比較希望來相親的人選是天城芽衣。

……不過因為由弦想要金髮碧眼白皮膚的巨乳美少女（愛理沙），才臨時把人選換成愛理沙。

「可是很意外地……他似乎是同等地愛著兩個女兒。唉，該怎麼說呢？他在這方面很笨拙呢。不過這樣對我們來說反而方便。倘若是天城先生『單方面』地為愛理沙著想……那樣情況反而對我們有利。」

在策略婚姻中，最需要防範的就是「嫁進來的外人」鳩占鵲巢，或是資產被別家的人給奪走。

除此之外還有可能會透過夫妻生活掌握對方的把柄，把這方面的情報流給天城家……這不是和彌樂見的情況。

所以愛理沙對天城直樹、對天城家沒有好感，對高瀨川家來說是再好不過。

因為這會降低愛理沙做出有利於天城家行為的可能性。

「而且……我認為就算再不濟，只要她能生下孩子，那也就行了。」

「……只要能生下孩子啊。」

實際上以商務層面而言，執行策略婚姻，讓兩家人結為姻親的價值並不高。

就算婚約告吹，也不會讓兩家之間的交易往來化為烏有。

婚約只是聊勝於無這種程度的玩意。

所以身為高瀨川當家的高瀨川和彌，以及前任當家高瀨川宗弦期許愛理沙完成的最大任務就是「生下高瀨川家的孩子」。

而愛理沙只要有健康的身體，就足以完成這個任務了。

「而且她的個性和氣質……作為要嫁進高瀨川家的人來說也還不錯。就這點而言，她比天城芽衣來得更適合吧。」

之所以會選愛理沙當作由弦的婚約對象，一方面是基於商務上的利益，以及就算財力萎縮，過去仍是名門世家——無論是天城還是雪城，光以血統來看，家世都是與高瀨川同等或甚至勝過高瀨川。不過……

更重要的是對方「在財力上劣於高瀨川家」。

只要財力勝過對方，就算夫妻或是兩家人之間有了什麼摩擦，也能占有優勢……之中也是有著這方面的考量在。

而照這方面的考量來看，像愛理沙這種「乖巧又膽小的個性」正合他們的意。

因為連自己的養父都不敢違抗的少女，是不可能違抗丈夫和夫家的。

對高瀨川家，同時對會成為他丈夫的由弦——下任當家而言，都可以期待愛理沙會作為一個非常忠貞的「妻子」，支持著整個家庭。

「不過你老實說吧。我這樣做……你果然很生氣吧？」

對於和彌的質問……

由弦靜靜地點了點頭。

「重要的人被當成工具來對待……沒有人會不生氣的吧？就算這樣做的人是自己的親生父親。」

「……是啊。你說得沒錯。完全是我不對。當然，我很能理解你的心情。我在知道爸爸只把彩由視為工具時也非常憤慨。」

他這話雖然是在賠罪，同時卻也帶著這樣的言下之意。

你應該可以理解我的心情吧。
你也是我的同類。
你總有一天也會做出跟我一樣的事。
因為你是我的兒子，同時也是高瀨川家的男人……
由弦靜靜地嘆了一口氣。
「我覺得重要的不是對過去的事情道歉，而是未來的事。我們談點比較有建設性的話題吧，爸爸。」
「哦，你所謂建設性的話題是？」
「我最重視的就是愛理沙。」
由弦明確地如此宣言。
「我所謂的重視具有兩層意義。我絕對不會放棄愛理沙，同時也想讓愛理沙獲得幸福。當然是靠我自己的力量。」
「嗯……所以呢？」
「『高瀨川』是其次，或是我用來達成目的的手段。」
由弦這麼說，看著父親的臉。
過去要抬頭望著的父親，現在卻成了由弦要稍微低頭看著的對象。
「所以如果從我身邊奪走愛理沙，或是做出會讓愛理沙不幸的事情，我會全力反抗的。」

「反抗啊……具體來說是怎樣？」

「我會讓整個家族變得四分五裂。」

和彌的臉上失去了笑意。

兩人盯著對方，不，是瞪著對方。

「這我可就傷腦筋了……非常傷腦筋啊。要是引發了把分家也扯進來的家族鬥爭，事情就麻煩了。」

「是啊，爸爸你說的沒錯。沒什麼比自家人互相鬥爭更愚蠢又不具生產性的事了。」

和彌也點點頭，同意由弦的話。

然後他摸了摸自己的下巴，嘴角微微上揚。

「嗯，不過……反過來說，只要愛理沙小姐在，你就不能違抗我了呢。」

「是啊。而你如果不想與我為敵，就得重視愛理沙，把她當成家人來看待才行。」

現場陷入了短暫的沉默之中。

極為緊繃的氣氛……

「……呵呵，哈哈，啊哈哈哈哈！」

「噗，哈哈，啊哈哈哈哈！」

因為兩人的笑聲而一口氣瓦解了。

和彌愉悅地笑著說道。

「由弦，我話先說在前頭，我也不是那種沒血沒淚的人。我還是會期望你……兒子能過得幸福，希望你能和喜歡的對象結為連理，想為你的戀情加油。而既然對方是我寶貝兒子的婚約對象，我當然是會尊重她的。」

另一邊的由弦也拚命忍著笑意回答道。

「不用說，這我也知道……我很敬愛你喔，爸爸。你是我在這世上最敬愛的人了。」

然後兩人舉起了玻璃杯。

「為我們家族的繁榮……」

「以及親子間永遠的羈絆……」

「「乾杯。」」

番外篇　按摩的時候，要是愛理沙再積極一點

馬拉松大賽當天。
這是在愛理沙為了按摩而來到由弦家之後發生的事。
「話、話說，由弦同學。那、那個……關於泡澡這件事。」
愛理沙白皙的肌膚泛著薔薇色紅暈，用因緊張而微微拉高的音調開口說道。
由弦點點頭。
「喔，我想熱水已經放好嘍。因為我在回來之前就先設好定時器了。」
「這、這樣啊……」
愛理沙不知為何抬著眼，不停地偷瞄著由弦。
好像想說些什麼，卻又猶豫著說不出口。
她就是給人這樣的感覺。
「怎麼了嗎？」
「沒、沒什麼……那……我、我們要不要！」
愛理沙突然大聲起來。

然後緊閉著眼，有如怒喝般地大聲叫道。

「一、一起泡呢？」

「……咦？」

由弦瞬間無法理解愛理沙在說些什麼。

一起泡澡。

誰？當然是愛理沙吧。

跟誰？當然是由弦吧。

也就是說……她是在問由弦：「要不要一起泡澡？」

「一、一起泡澡……？」

「沒、沒錯！因、因為啊！你不覺得一邊泡澡一邊按摩，效果會比較好嗎？」

愛理沙幾乎是不顧一切地這麼說。

泡澡讓身體暖和起來，同時按摩的效果或許比較好……這個理論確實沒錯。

可是這要作為未婚男女一起入浴的理由，還是有很多問題吧。

愛理沙的說詞實在太牽強了。

這表示……那些按摩效果之類的理論不是愛理沙的真心話。

（這、這樣啊……原來愛理沙想和我……）

一起泡澡。這才是她的目的。

真要說起來，這次的按摩也一樣，「療癒馬拉松大賽造成的疲勞」這些話全都只是藉口，雙方真正的意圖都是想跟對方有更多的肢體接觸。

只不過……愛理沙還想要再更進一步就是了。

「你、你不願意……嗎？」

見由弦默不作聲，愛理沙不安地說道。

一副很擔心害怕的樣子。

她應該是在想……要是由弦認為她是個不檢點的女人，因此對她敬而遠之，那該怎麼辦吧。

而由弦身為一個男人，愛理沙都好不容易鼓起勇氣提議了，他當然也不想做出會傷害愛理沙的選擇。

只不過……

「我、我是不排斥。可是……」

由弦下意識地看向愛理沙的胸部。

柔軟的雙峰高高撐起了運動服的布料，短褲下伸出了細長又勻稱的雙腿。

愛理沙光是這樣就已經散發出幾乎讓由弦的理性蕩然無存的魅力了，要是脫了衣服那肯定更不得了。

畢竟可以看得一清二楚。

「我們都脫光衣服不太好吧。要是有泳衣就好了……」
聽由弦這樣一說……愛理沙整張臉都紅透了。
「這、這是當然啊！怎、怎麼可能脫光衣服……我、我有準備泳衣來！」
「這、這樣啊……妳準備得還真周到呢。」
由弦反射性地低聲說完後，愛理沙的臉又變得更紅了。
愛理沙的嘴巴一張一合，看起來想說些什麼話來反駁他，接著清了清喉嚨之後說道。
「總、總之我先進去。等我洗好澡穿上泳衣，說我準備好了之後……再請你進來。當然要穿著泳衣進來喔！」
「我知道了。」
由弦老實地點點頭。

於是在他們經歷這一番對話後，過了一陣子。
「你可以進來了。」
由弦聽到浴室傳來這句話，便穿著泳衣走了進去。
踏進浴室之後，只見穿著泳衣的愛理沙站在那裡迎接他。
她身上穿著學校規定的黑色泳衣。
是說比基尼款式的泳衣，因為會讓人的視線分散到上下兩側，所以意外地就算身材沒那麼好，看起來也不會差到哪裡去。

然而連身泳裝由於會明顯地展現出身體的曲線，要是身材不好，是很難穿得好看的。在這層意義上，愛理沙確實將學校泳衣穿得很好看。

胸部到腹部的高低差，以及往內收縮的腰部等……黑色的泳裝布料貼在愛理沙那充滿女人味的身體曲線上，緊緊包覆著她的身體。

再往下看，則能看到銳角三角形的布料下，有著兩條白皙且帶有恰到好處肉感的勻稱美腿。

「那、那個……由弦同學。你這樣一直盯著我看，我會害羞的……」

「啊……不好意思。」

不禁看得入迷的由弦搔了搔臉頰。

然後他忽然想到要問愛理沙。

「妳不先進去浴缸裡嗎？」

「我不想要先泡太久泡昏頭……」

也就是說她要在外面等由弦洗好澡。

由弦點點頭表示理解後，輕輕轉開蓮蓬頭的開關。

雖說要洗澡，但也只是簡單洗去身上的汗水而已，很快就結束了。

「……那我們進去吧。」

「好。」

兩個人面對面，緩緩地泡入熱水中。

因為這浴缸絕對稱不上寬敞，兩人的身體會稍微碰在一起。

由弦為了盡量不要去看愛理沙的胸部而稍微抬高了視線。可是……

（……不管看哪裡都很漂亮呢。）

纖細的鎖骨線條、滑落到胸口的些許水滴、白皙的肩膀、微微泛紅的臉頰。

不管看哪裡都很美。

「那個……要從誰先開始呢？」

「這個嘛……我先幫妳按摩好了。妳轉身背對我吧。」

由弦認為基於理性問題，他很難再繼續正面看著愛理沙，所以才如此提議。

愛理沙則是輕輕點頭，轉身背對由弦。

「這……」

然後由弦不禁驚呼出聲。

這是因為愛理沙的背部裸露出來的部分比他想像的還多。

由弦以為她的背應該至少有一半都被泳裝的布料給遮住了，沒想到愛理沙穿的泳裝是背部挖空到腰部的款式。

只有兩條肩帶遮著愛理沙雪白的背部。

白皙耀眼的美背讓由弦的眼睛不知道該往擺才好。
由弦下意識地把視線往下移。
那裡是有著美麗弧形曲線的臀部……
「怎麼了嗎？」
「不，沒有，沒事。」
由弦連忙把視線移回愛理沙的肩膀上。
他雖然心想著，自己真的能碰這美麗的肌膚嗎……
「那我要按嘍。」
「好的。」
由弦還是先打了聲招呼後，用手掌包住了愛理沙纖細的肩膀。
接著緩緩施力，刺激著她的穴道。
「嗯，啊……嗯！」
由弦的手指一動，愛理沙便會發出細微的呻吟聲。
雖然不知道她這是故意的，還是無意間做出的反應……但是婚約對象的呻吟聲正在逐漸溶解由弦的理性。
「怎麼樣？」
「很舒服……」

從愛理沙回答的聲音聽來，她真的是覺得非常舒服。

就在由弦繼續按摩著她的肩膀和背後時……愛理沙忽然整個挪開了身體，窺看由弦的臉。

「怎麼了？」

「那個……可以拜託你也幫我按摩一下腿嗎？總覺得腿部肌肉好像累積了不少疲勞……」

愛理沙用有些恍惚的聲音說道。

由弦點頭後，愛理沙轉身面對由弦，把她修長的腿伸了過來。

「要按哪裡？」

「從腳底到……全部，拜託你了……」

由弦順著她的話，輕輕抬起愛理沙的腿。

一方面也是因為兩人在水裡，所以她的腿非常輕。

由弦雖然可以稍微看見她張開的雙腿之間的部分，但他極力不去看那裡。

（……平常心、平常心。）

接著用力地按了她的腳底。

「啊，唔……不、不行……」

「很痛嗎……？要我停手嗎？」

由弦開口問痛得叫出聲的愛理沙……但愛理沙搖了搖頭。

「請、請你……唔，啊！繼續……按。」

「……」

為什麼會發出這麼魅惑的聲音啊？

由弦心裡帶著對愛理沙聲帶構造的疑惑，繼續幫她按摩。

他按完腳底，按摩了小腿，接著……

「請、請你……繼續按。」

他的手在途中停了下來，愛理沙便抬眼望向由弦。

一臉彷彿在期待著什麼的樣子。

「……嗯。」

由弦的手指陷入愛理沙的大腿。

他的手指可以感受脂肪的柔軟觸感，以及藏在底下的肌肉彈性。

「唔……嗯……」

可能是覺得很舒服吧，愛理沙的小嘴微張，喘息著。

她的視線失焦，讓人懷疑她到底還有沒有意識。

按壓著愛理沙白皙大腿的手指逐漸往上。

等回過神來，手指已經按到了她大腿根部的位置。

再一點點、再一點點，只要手指稍微往旁邊挪一點……就能碰到她柔軟，有著充滿女性魅力圓潤感的部分了吧。

就是在這種位置。

「……愛理沙。」

「嗯，嗯……」

「接下來要按哪裡？」

由弦直盯著愛理沙的眼睛問道。

睜著濕潤的雙眼，表情看起來有些陶醉的愛理沙……

「接、接下來，接下來……」

「接下來？」

愛理沙微微地張開粉色的嘴唇。

她的嘴唇稍稍動了動，從中逸出濕熱的氣息……

「換、換我來……幫你按摩……」

她用似乎鬆了一口氣，卻又有些依依不捨的表情說道。

另一邊的由弦也帶著既放心，可是又有些遺憾的心情轉身背對愛理沙。

「……怎麼樣？」

「好像可以再用力一點。」

「這樣嗎?」
「嗯、嗯……感覺不錯。妳很會按耶。」
肩膀被人用力地按摩著。
因為比想像中還要舒服,讓由弦也忍不住發出了聲音。
然後放鬆下來,背部稍微往後倒了一點。
接著……背部就碰到了柔軟的物體。
由弦正打算坐直身體時,忽然感覺到有什麼東西抵著他的背,因擠壓而變了形。
「你可以……維持這個姿勢就好。」
愛理沙在他耳邊輕聲呢喃。
「……這樣啊。」
由弦把身體靠在愛理沙身上。
愛理沙的身體緊靠著他,幫他按摩著肩膀和背部。
當然,因為兩人的身體貼在一起,她很不好按摩。
儘管如此,愛理沙依舊讓自己的肌膚和由弦的緊貼在一起。
「……呼。」
「哈啊……」
兩人口中呼出濕熱的氣息。

身體之所以火熱得像是燒了起來，一定不只是因為泡在熱水裡吧。

「請你……轉過來面對我。」

「……我知道了。」

由弦轉向正面，輕輕把腿伸向愛理沙。

然而愛理沙看向的不是由弦的腿，而是他的雙腿之間。

「……」

「……」

雙頰泛紅，用水潤的翡翠色眼睛直盯著某一處的愛理沙。

面對她的反應，由弦也沒有要藏的意思，以一種已經看開了的心情承受著她的視線。

「……我要按摩嘍。」

「好……」

愛理沙終於動了起來。

她纖細的手指撫上由弦的腳底，用力按了下去。

「好痛！」

可是這一下超乎預期地痛。

由弦不禁慘叫一聲，腿抽動了一下，身體往後倒去。

「啊，由、由弦同學！」

一旁的愛理沙則是想要拉起由弦，卻反而因為浴缸光滑的底部而滑倒了。

然後倒向了由弦所在的位置。

「抱歉，妳沒事吧？」

「是、是的。我沒事……可是……」

兩人緊抱在一起。

愛理沙壓在由弦身上，由弦則是用雙手抱住了她……這樣的姿勢。

兩人的臉近到都快要碰到對方的鼻尖了，只要有一方稍微往前，彼此的嘴唇便會交疊了吧。

他們的雙腿也交纏在一起。

愛理沙柔軟的胸部擠壓著由弦結實的胸膛。

而且……

由弦堅挺的部分和愛理沙柔軟的部分，正隔著泳衣緊靠在一起。

「……怎麼了？」

「沒、沒有，沒事……」

由弦用力地抱著愛理沙，愛理沙也把全身的體重都靠在由弦身上。

愛理沙柔軟的身體被由弦結實的身體承接住，而由弦結實的身體也從下方壓迫著愛理沙柔軟的身體。

「你……不會覺得難受嗎？」
「完全不會。」
由弦眼前可以看見愛理沙優美的後頸、雪白的背，以及圓潤的臀部。
由弦一手按住愛理沙雪白的背，另一隻手則是按著她的臀部。
「嗯，啊……」
他加重力道把愛理沙的身體按在自己身上後，愛理沙輕輕叫了一聲。
「……妳沒有哪裡會痛吧？」
「嗯……」
愛理沙吐出的氣息搔著由弦的耳朵。
兩人就這樣抱著彼此，沉默了大約十秒鐘。
然後……
「那個，愛理沙。」
「嗯。」
「可以就維持這個樣子，到我們泡到頭暈為止嗎？」
就這個樣子。
沒有要退一步，也不會再進一步。
就維持這個樣子。

對於由弦的提議，愛理沙……

「好……就這麼做吧。」

她這麼回答，並把自己的身體貼了上去。

接下來兩人就這樣互相感受著彼此的體溫，直到他們泡到頭暈為止。

後記

各位讀者好久不見了。我是櫻木櫻。

非常感謝各位拿起了這本書。

第二集的內容寫到男女主角分別意識到自己喜歡對方，第三集的內容則是雙方用言語和行動向對方表達心意的故事。

也就是說到了第三集，這個故事算是先告了個段落。

能夠寫到一個好的段落，我也放心了不少。

不過這個故事並不會在第三集就劃下句點。

各位知道嗎，這兩個人……到現在好像甚至連接吻都沒有過耶？

所以說故事總不能就此結束吧。

正因如此，第四集預計會是描寫青澀的小情侶一同煩惱著「所謂情侶，具體來說是會做些什麼事情的關係呢？」這樣的故事。

要是能描寫出明明沒接吻過，卻不僅半同居還訂下了婚約的奇妙情侶間的戀情發展就好了。

此外，儘管男女主角已經訂婚，但是要說兩人的戀情是否已經沒有任何阻礙了，我是覺得沒這回事。

兩人在這次的內容中並非抵達終點，而是終於站上起跑點。

不如說接下來才是重頭戲吧。

具體而言，就像是價值觀的落差等……嗯，這方面就憑大家自由想像了。

順帶一提，本作品最初期的原案是「本來是想告白說喜歡對方，結果不小心說成了請和我結婚之後，對方竟然答應了」這種感覺的故事。

所以其實我原本想寫的就是「甜蜜蜜新婚情侶同居故事」。以這個意義上來說，這個作品現在才終於進入了主軸。

所以還請大家繼續期待第四集之後的發展。

我希望至少可以寫到兩人的初吻啊。

那麼，雖然平常後記我大概寫到這裡就會結束了，不過來到第三集這個好的段落，我想再多寫一點關於本作品的事。

本作品的主要構想是來自《灰姑娘》。

我是以男性角度，王子視點下的現代版《灰姑娘》感覺來寫的。

我想應該有些讀者一開始就看出來了，不過可能也有聽我這麼一說才覺得好像是這樣的讀者在吧。

提及這個其實也沒什麼特別的用意……不過要是能讓知道的讀者們會心一笑，聽我說才意識到的讀者們有種恍然大悟的感覺，那我會很高興的。

倘若還有機會再寫新的戀愛故事，我想寫以《羅密歐與茱麗葉》為範本，也就是所謂以殉情為主題的故事。

當然，我不可能在寫現代戀愛喜劇，而且還是輕小說時讓主角們自殺，所以得用不同的方式來表現「殉情」這件事就是了……

接下來是關於本作品的簡稱。

我想大多數輕小說都有所謂的「簡稱」。

關於本作品，我都隨便用「相親」或是「高門檻」來稱呼，目前尚未訂下一個官方認定的簡稱。

因為「相親」和「高門檻」都是一般用語，感覺好像不太適合拿來當作作品的簡稱。

所以要取一個的話，大家覺得「相親門檻」怎麼樣？

無論如何，簡稱就是各位讀者覺得說起來比較方便的稱呼，所以我想久了應該會自然固定下來吧。

還有一點，是關於ＩＦ短篇故事。

基本上與各店鋪特典不同，書籍版一定會收錄一篇以番外篇為名的ＩＦ短篇故事。

第一集因為各種原因，ＩＦ短篇故事成了電子書的限定內容（註：此指日本出版時狀況）……不過只要沒發生這種特殊情況，之後我也會像第二、三集這樣，用這種方式來寫ＩＦ短篇故事。

那麼，為何是「ＩＦ」短篇故事呢？直接把這些內容當成日常生活的一幕，或是約會的過程也行吧……我想有些讀者心裡或許有這種想法。

要我回答這個問題的話……首先前提是因為有趣的題材，我會想盡量寫在本篇裡。

可是在這種題材中，也有「雖然想寫，可是無法寫進本篇裡」的東西。

以目前男主角和女主角的關係來看，事情不可能會發展成這樣。

會讓故事發展變得不自然，不順暢。

諸如此類的問題。

第一集、第二集、第三集的ＩＦ短篇故事全都是「如果寫了這種發展，本篇的故事就無法成立了」的劇情。

我想盡量用ＩＦ短篇故事的形式，來寫下這種「雖然有趣，可是無法寫在本篇裡」的小插曲。

接下來請容我稍微宣傳一下。

首先，大家或許已經知道了，不過本作品的漫畫版目前正在Young Ace UP上連載。和小說不同，漫畫版以漫畫特有的形式將本作品畫得相當具有魅力，大家倘若有空，不妨也看看漫畫版。

此外，本作品推出了「ＡＳＭＲ」的語音。

負責為女主角雪城愛理沙配音的，和以前公開在ＹｏｕＴｕｂｅ上的廣播劇一樣，是聲優貫井柚佳小姐。

語音分為免費版和特典版兩種，兩種都公開在ＹｏｕＴｕｂｅ上，只要掃描書腰上的ＱＲｃｏｄｅ（註：此指日文版書腰）就可以聽到了。

免費版的標題是〈甜膩愛語情境語音～在萬聖節讓婚約對象對自己惡作劇篇～〉，內容是男主角沒給女主角點心，女主角便對男主角惡作劇……這樣的故事。

特典版的標題則是〈甜膩愛語情境語音～和婚約對象一起睡覺篇～〉，內容是在男主角去陪一個人睡不著覺的女主角睡覺，在陪睡的過程中……發生的事情。

由於是「ＡＳＭＲ」，所以是有點色色的內容……說實話並沒有到那種程度，不過還是製作成會讓人有那種感覺的語音作品。

聲優的演技真的非常出色，希望大家有空也能好好享受一下這個語音。

接著，差不多該讓我向大家道謝了。

負責本書插圖、角色設計的clear老師，這次也很感謝您幫本書畫了這麼出色的插圖和封面。我每次收到圖時都非常感動。

也感謝參與本書製作流程的每位工作人員。而最感謝的當然是買下了這本書的各位讀者。

那麼，期待第四集還能再與各位相見。

身為VTuber的我因為忘記關台而成了傳說 1~2 待續

Kadokawa Fantastic Novels

作者：七斗七　插畫：塩かずのこ

危險的四期生來勢洶洶！
衝擊性十足的VTuber喜劇第二集！

因為開台意外而一舉成名的Live-ON三期生心音淡雪，終於有了自己的後輩！卻突然冒出向淡雪告白示愛的四期生！不僅如此，其他四期生也是渾身Live-ON風格的怪胎！到頭來，淡雪甚至被稱為「超（棒的）媽咪」？

各 **NT$200/HK$67**

救了想一躍而下的女高中生會發生什麼事？ 1~2 待續

Kadokawa Fantastic Novels

作者：岸馬きらく　插畫：黒なまこ　角色原案、漫畫：らたん

「……我真的很慶幸自己是你的女朋友。」
與放棄求生的她展開全新的幸福生活，第二幕。

成天忙著讀書和打工的結城，終於交到女朋友了。而小鳥也藉著與結城溫存的時光，慢慢地治癒內心的創傷。在如此幸福的日子裡，他們遇見了總是獨自一人的寂寞鄰居少女。兩人的生活加入了這位孤單少女後，竟有種宛如新婚的甜蜜氣息？

各 **NT$220/HK$73**

逆井卓馬
Author: TAKUMA SAKAI
遠坂あさぎ
Illustrator: ASAGI TOHSAKA
豬肝記得
煮熟再吃
Heat the pig liver
Kadokawa
Fantastic Novels

聲優廣播的幕前幕後 1～3 待續

Kadokawa Fantastic Novels

作者：二月公　插畫：さばみぞれ

「「絕對不會輸給妳！」」
由想有所突破的聲優們主持的廣播，再度ON AIR！

隨著日常恢復平靜，夜澄目前的煩惱是——沒有工作！就在她窮途末路時，居然獲得了在夕陽主演的神代動畫中扮演女主角宿敵的機會！她幹勁十足，然而沒能持續多久……一流水準的高牆便毫不留情地阻擋在她面前——

各 **NT$240~250/HK$80~83**

義妹生活 1~3 待續

Kadokawa Fantastic Novels

作者：三河ごーすと　插畫：Hiten

逐漸改變的關係與想要守護的東西。
漸行漸近的兄妹，他們所珍視的日常。

　　沙季應徵上悠太工作書店的打工。立場成了前輩的悠太，發現她許多嶄新的一面。同時段排班的讀賣栞卻從沙季的模樣，看出那無法依賴別人的認真個性，某天說不定會毀了她。悠太被迫抉擇，要打破最初的約定，插手影響她的生存方式，還是不要……？

各 **NT$200/HK$67**

繼母的拖油瓶是我的前女友 1~7 待續

Kadokawa Fantastic Novels

作者：紙城境介　插畫：たかやKi

「──我們的生日。那天，你要空出來喔。」
以兄弟姊妹關係迎來這天的兩人將面對彼此感情？

　　當起學生會書記的結女，神色緊張地踏進學生會室，誰知室內卻聚集了一群對戀愛意外多愁善感的高中生！以往與水斗成天互酸的她，事到如今難以啟齒表達好感，竟從學生會女生大談的戀愛史當中獲得靈感，想出引誘水斗向自己告白的「小惡魔舉動」？

各 **NT$220~270/HK$73~90**

你喜歡的不是女兒而是我!? 1~4 待續

Kadokawa Fantastic Novels

作者：望公太　插畫：ぎうにう

兩人的關係即將往前邁進一步。
一個艱難的抉擇卻又出現在他們面前——

遲遲沒回覆告白的我，終於不再猶豫了。一察覺自己的心意，我就在如火山爆發的情感之下吻了他。面對突如其來的吻，他雖然一臉驚訝，但是不用擔心，因為我倆之間早已無須言語。這下我和阿巧就是男女朋友了！結果這麼想的只有我一個……？

各 **NT$220/HK$73**

青梅竹馬絕對不會輸的戀愛喜劇 1~7 待續

Kadokawa Fantastic Novels

作者：二丸修一　插畫：しぐれうい

這回黑羽的妹妹們也跟著參戰，
讓末晴驚慌失措的女主角爭奪賽第七局！

來自黑羽、白草與真理愛的追求攻勢逐漸加劇，新狀況就在這時突然爆發。朱音被不良學長告白，似乎還起了爭執。這樣我做大哥的一定要出面幫她！可是，穿國中制服潛入學校挺難為情耶……不過，蒼依和碧最近都怪怪的，我並沒有做什麼啊，對吧？

各 **NT$200~240/HK$67~80**

不時輕聲地以俄語遮羞的鄰座艾莉同學 1~2 待續

Kadokawa Fantastic Novels

作者：燦燦SUN　插畫：ももこ

艾莉與政近搭檔競選學生會長的祕密對話中
艾莉脫口說出的俄語令她事後嬌羞不已!?

「喜……喜歡？我說了喜歡？」「『在妳身旁扶持』是怎樣？啊啊～～我真是噁心又丟臉！」艾莉與政近於黃昏時分在操場的祕密對話中，說好要搭檔在會長選舉勝出。事後兩人卻相互抱持糾結的情感……和俄羅斯美少女的青春戀愛喜劇第二彈！

各 **NT$200~220/HK$67~73**

因為女朋友被學長NTR了，我也要NTR學長的女朋友 1 待續

Kadokawa Fantastic Novels

作者：震電みひろ　插畫：加川壱互

「燈子學姊！跟我劈腿吧！」
「冷靜點一色……要讓劈腿的人悽慘得像下地獄！」

發現女友劈腿的一色優，對NTR男的女友——過往思慕的燈子學姊提議劈腿。燈子計畫縝密地提出了更強烈的「報復」手段，卻開始把優打理成好男人？周遭女生對優的評價大幅提高，優對燈子的心意卻也日益高漲。計畫進展的途中，彼此的關係迅速拉近——

NT$250/HK$83

國家圖書館出版品預行編目資料

一點都不想相親的我設下高門檻條件,結果同班同學成了婚約對象!?/櫻木櫻作；Demi譯. -- 初版. -- 臺北市：臺灣角川股份有限公司, 2022.05-
冊；　公分

譯自：お見合いしたくなかったので、無理難題な条件をつけたら同級生が来た件について
ISBN 978-626-321-433-0(第2冊：平裝). --
ISBN 978-626-321-784-3(第3冊：平裝)

861.57　　111003460

Kadokawa Fantastic Novels

一點都不想相親的我設下高門檻條件，結果同班同學成了婚約對象!? 3

（原著名：お見合いしたくなかったので、無理難題な条件をつけたら同級生が来た件について 3）

2022年9月19日 初版第1刷發行
2023年3月16日 初版第2刷發行

作者：櫻木櫻
插畫：clear
譯者：Demi

發行人：岩崎剛人
總編輯：蔡佩芬
編輯：邱璨萱
美術設計：吳佳昫
印務：李明修（主任）、張加恩（主任）、張凱棋
發行所：台灣角川股份有限公司
地址：104台北市中山區松江路223號3樓
電話：（02）2515-3000
傳真：（02）2515-0033
網址：www.kadokawa.com.tw
劃撥帳戶：台灣角川股份有限公司
劃撥帳號：19487412
法律顧問：有澤法律事務所
製版：尚騰印刷事業有限公司
ISBN：978-626-321-784-3